겨울 아이

겨울 아이

엠마뉘엘 카레르 | 전미연 옮김

LA CLASSE DE NEIGE
by Emmanuel Carrère

Copyright (C) P.O.L éditeur, 1995
Korean Translation Copyright (C) The Open Books Co., 1999

이 책은 열린책들에서 『스키 캠프에서 생긴 일』로 발간했던 것을
『겨울 아이』로 제명을 바꿔 양장본으로 제작한 것입니다.

이 책은 실로 페매어 제본하는 정통적인 사철 방식으로 만들어졌습니다.
사철 방식으로 제본된 책은 오랫동안 보관해도 손상되지 않습니다.

1

 그 후로도 내내, 지금까지도, 니꼴라는 아버지가 마지막으로 했던 말을 기억해 내려고 애를 썼다. 산장 문턱에서 그의 아버지는 잘 있거라며, 몇 번이고 조심하라고 당부를 했었다. 그러나 그는 아버지가 그 자리에 있는 것이 너무 거북하고 빨리 갔으면 했기 때문에, 아버지가 하는 말을 듣지 못했다. 니꼴라는 아버지가 그 자리에 있는 것이 남들의 비웃음을 사는 일이라 여겨져서, 아버지가 원망스러웠다. 그는 머리를 낮추어서 아버지와 작별하는 마지막 입맞춤을 슬그머니 피했다. 집이라면 마땅히 아버지한테 꾸중을 들었겠지만, 다른 사람들 앞에서 차마 그러지 못하리라는 것을 니꼴라는 알고 있었다.
 산장에 도착하기 전에 그들은 차 안에서 얘기를 했다. 뒷좌석에 앉은 니꼴라는, 자동차 유리에 낀 김을 걷어 내기 위해 최대로 올린 송풍 장치의 소음 때문에, 자기가 하는 얘기가 잘 들리지 않을 거라 생각했다. 그는 가는 도중에 셸 주유소를 못 찾을까 걱정스러웠다. 이번 겨울에는 무슨 일이 있어도 반드시 셸 체인 주유소에서 휘발유를 넣어야 한다. 거기서 주는 교환권을 모으면 플라스틱으로 된 인형을 얻을 수 있기 때문이다. 그 인형은 윗부분이 상자 뚜껑처럼 열리게 돼 있고, 그 안에 해골과 몸 안의 기관을 장치해 놓았다. 그것들을 뺐다 넣었다 하면서 인간의 해부 모형과 친숙해질 수 있다. 지난 여름에는 피나 주유소에서 입으로 바람을 불어넣어 부풀리는 매트와 보트를 주었다. 다른 주유소들에서는 스티커를 줬는데, 니꼴라는 이 시리즈를 다 가지고 있다. 그는 적어도 이런 점에서는, 대부분의 시간을 도로 위에서 보내고 이삼 일에 한 번씩은 휘발유를 가득 넣어야 하는 아버지의 직업 덕분에 자신이 특권을 누린다는 생각이 들었다. 아버지가 출장을 떠날 때마다 니꼴라는 아버지의 여정을 지도 위에 가리켜 달라고 하고, 이것을 킬로미터로 환산해서 금고 안에 들어갈 교환권 수를 계산해 보곤 했다. 시가통 크기만한 이 금고의 비밀 번호는 그 혼자만이 알고 있었다. 부모님이 크리스마스 때 이 금고를 그에게 선물했고, 〈너만의 비밀들을 위해서〉라고 아버지가 말했었다. 그는 이번에 그것을 여행 가방 안에 꼭 챙겨 넣고 싶었다. 아버지와 차를 타고 가는 동안에도 경품을 받으려면 교환권이 몇 장 더 필요한지, 이때까지 모은 것을 다시 세어 보고 싶었다. 그런데 여행 가방이 트렁크 안에 있었다. 아버지는 일부러 차를 세워 그것을 꺼내 주지는 않았다.

〈잠깐 쉴 때 꺼내자〉라고 아버지가 말했다. 그러나 산장에 도착할 때까지 셸 주유소도 없었고, 잠시 내려서 쉴 기회도 없었다. 실망한 니꼴라를 보고 아버지는 지금부터 스키 캠프가 끝날 때까지 해부 인형을 탈 만큼 주행을 많이 하겠다고 약속했다. 니꼴라가 가지고 있는 상품권을 자기한테 맡기면 캠프가 끝나고 집에 와서 꼭 인형을 가질 수 있게 될 거라고.

산장에 거의 다 와서는 좁은 길로 들어섰다. 여기서부터는 바퀴에 체인을 감을 만큼 눈이 쌓이지 않아서 이것 또한 니꼴라를 실망시켰다. 아까까지는 고속 도로 위를 달렸다. 갑자기 어느 순간부턴가 차 속도가 떨어지더니 몇 분 동안 차가 멈춰 섰다. 짜증난 아버지가 운전대를 툭툭 치면서 2월 주중에 웬일이냐면서 투덜거렸다. 뒷좌석에 앉은 니꼴라의 눈에, 언뜻 드러난 아버지의 옆모습과 외투깃 속에 쑤셔 박힌 두툼한 목덜미가 들어왔다. 이런 옆모습과 목덜미에서 그의 불안한 마음, 부아가 있는 대로 뻗친, 좀체 풀릴 것 같지 않은 노여움을 읽을 수 있었다. 마침내 차들이 조금씩 다시 움직이기 시작했고, 아버지는 안도의 숨을 내쉬면서 긴장을 약간 풀었다.

「단순한 사고였나 보다.」

아버지가 말했다. 이 안도감 실린 어조에 니꼴라는 놀랐다. 사고니까 그나마 다행이라는 투였다. 사고로 인한 정체는 금방 풀리는 것이고 구조대원들이 오면 빨리 수습이 되니까, 반가운 무언가로 받아들인다? 이런 사실이 놀랍기도 하지만, 그제야 호기심이 잔뜩 생긴 니꼴라는 창에 코를 바짝 갖다 댔다. 아코디언처럼 겹겹이 찌그러진 자동차와 삐뽀 경적이 울리는 가운데 들것에 실려 나가는 피 흘리는 사람들을 기대했으나, 아무것도 보이지 않았다. 믿기 어려운 듯 아버지가, 아니다, 결국 사고가 아니었나 보다, 하고 말했다. 정체가 풀렸지만 아버지의 궁금증은 여전히 남아 있었다.

2

 스키 캠프대는 전세 버스로 전날 출발했다. 그런데 열흘 전에 끔찍한 장면이 텔레비전에 방영된 적이 있었다. 트럭 한 대가 학생들을 태우고 가던 전세 버스와 충돌해서 여러 명의 학생들이 불에 타서 처참하게 숨졌다. 사고가 난 바로 다음날 스키 캠프 학부모 준비 모임이 열렸다. 학부모들은 이 자리에서 마지막으로 아이들의 준비물에 대한 몇 가지 지시 사항을 들었다. 어떤 옷을 잊지 말고 보내야 하는지, 집에 편지를 보낼 수 있도록 우표를 붙인 편지 봉투도 챙겨 넣어 줘야 한다는 사실도. 하지만 아이들이 전화 같은 끈으로 가족이라는 틀에 얽매이지 않고 자신들이 있는 곳에 흠뻑 빠져 들 수 있도록 전화는 될수록 삼가는 게 좋겠다고 했다. 이 마지막 주의 사항이 여러 어머니들의 반대에 부딪혔다.

〈애들이 아직 어린데……〉 하는 학부형들에게 담당 여선생님은 인내심을 발휘하며 이 모든 것이 다 아이들을 위한 것이라고 거듭 얘기했다. 이런 캠프의 목적은 무엇보다도 아이들에게 자신들의 날개로 나는 법을 가르치는 것이라고 했다.

이때, 니꼴라의 아버지가 느닷없이 끼여들어, 자기는 학교 교육의 중요한 목적이 아이를 가족으로부터 떼어놓는 일은 아니라고 생각한다며, 자식에게 전화를 걸고 싶으면 주저하지 않겠다고 말했다. 선생님이 대답을 하려고 입을 열자 니꼴라의 아버지가 이내 말을 끊어 버렸다. 그는 자신이 좀더 심각한 다른 문제 ― 전세 버스 안전 문제 ― 를 제기하러 왔다고 하면서, 어떻게 모두가 어제 본 것과 같은 그런 끔찍한 일이 일어나지 않는다고 확신할 수 있겠느냐고 했다. 〈그래요, 어떻게 확신하겠어요?〉 하고, 그렇게 생각은 하고 있었지만 차마 말을 꺼낼 엄두를 내지 못하던 다른 학부형들이 여기저기서 맞장구를 쳤다. 선생님도, 유감스럽지만 확신할 수 없는 일이라고 인정했다. 단지 안전을 위해 하나부터 열까지 챙기고 있다고 했다. 운전 기사 또한 안전 운전을 하지만, 살다 보면 어느 정도의 위험은 닥치는 게 아니냐고 했다. 아이들에게 절대 교통 사고가 일어나지 않는다고 1백 퍼센트 확신을 하려 든다면 부모들이 아이들을 아예 집 밖으로 내보내지 말아야 하는 것이 아니냐고 했다. 또 설령 집 안에 있더라도 가전 제품 때문에 사고가 나거나 아이들이 아플 수도 있지 않으냐고 했다. 몇몇 학부모들이 이 논리가 맞다고 감탄을 했지만, 대부분의 부모들이 그와 같은 얘기를 하는 여선생님의 운명론에 충격을 받았다. 여선생은 심지어 그런 얘기를 웃으면서 하지 않았던가.

「당신 자식이 아니니까 그런 얘기를 할 수 있죠.」

니꼴라의 아버지가 응수했다. 여선생이 웃다 말고 자신도 애가 하나 있고, 그 아이가 지난 겨울에 전세 버스로 스키 캠프에 다녀온 적이 있다고 말했다. 그래도 니꼴라의 아버지는 자신이 직접 운전을 해서 아들을 산장에 데려다 주는 게 좋겠다고 했다. 그렇게 하면 적어도 운전석 뒤에 누가 앉아 있는지 정도는 알 거 아니냐고 하면서.

여선생은 4백 킬로미터가 넘는 거리라는 사실을 주지시켰다. 어쩔 수 없다고 니꼴라의 아버지가 말했다. 그렇게 하는 것은 니꼴라에게, 특히 다른 아이들과 잘 어울리도록 하는 데 좋지 않을 거며, 여선생이 설득했다.

「문제없을 겁니다.」

아버지가 비아냥거리며 말했다.

「지금 제게, 아버지와 같이 자가용으로 가면, 우리 니꼴라가 외톨이가 될 거라는 말씀을 하시는 모양이지요?」

선생님은 다시 한번 진지하게 생각해 보라고 부탁하면서 아동 심리학자를 만나 보는 게 어떻겠느냐고 했다. 전문가도 자신과 같은 의견일 거라고 얘기하면서 그래도 최종 결정은 그에게 달려 있다고 했다.

다음날, 학교에서 선생님은 그런 생각을 도대체 누가

한 건지 니꼴라에게 물어 보고 싶어했다. 니꼴라한테 항상 그래 왔던 것처럼, 살얼음 위를 걷듯이 조심스럽게, 그 자신은 어떻게 하고 싶은지 물었다. 이 질문이 니꼴라를 난처하게 만들었다. 물론, 자신이 정말 바라는 것이 다른 아이들과 마찬가지로 전세 버스로 여행하는 것이라는 사실을 모르는 바가 아니었다. 그러나 아버지의 결정은 이미 내려졌고, 아버지는 마음을 바꾸지 않을 것이다. 그리고 니꼴라도 선생님이나 친구들에게 누구에 의해서든 압력을 받고 있다는 인상을 주기 싫었다. 그는 어깨를 으쓱해 보이며, 어떻게 하든 아무 상관없다고, 그대로 하는 게 좋겠다고 말했다. 선생님도 더 이상 우기지 않았다. 자신은 할 만큼 했으며, 어차피 자기가 결정을 되돌릴 수 없는 게 명백한 이상, 이 일로 더 이상 왈가왈부하지 않는 게 낫겠다고 했다.

3

 니꼴라와 아버지는 해 떨어지기 직전에 산장에 도착했다. 전날에 먼저 도착했던 친구들은 아침에 첫번째 스키 수업을 받았고, 1층에 있는 큰 방에 모여 알프스 지역의 식물과 동물에 관한 기록 영화를 보고 있었다. 두 사람이 도착하자 상영이 중단되었다. 홀에서 여선생이 니꼴라의 아버지와 얘기를 하면서 두 명의 스키 캠프 교사를 소개시켜 주는 동안, 교실에 있던 아이들은 웅성거리기 시작했다. 문턱에 서 있던 니꼴라는 아이들에게 다가갈 엄두를 내지 못하고, 서서 바라볼 뿐이었다. 아버지가 스키 강습이 어떻게 진행되고 있는지 묻자, 캠프 교사가 웃으면서 눈이 별로 없어서 아이들이 주로 풀 위에서 스키를 익히기 시작했는데, 이제 막 시작일 뿐이라고 대답하는 소리가 들렸다. 니꼴라 아버지는 캠프가 끝날 때 아이들이 수료증을 받게 되는지까지 알고 싶어했다.

「샤무아 배지[1]요?」

캠프 교사가 또 한번 웃고 나서 말했다.

「글쎄, 초급 눈송이 배지 정도는 또 모르지요.」

니꼴라는 얼굴이 굳어진 채 두 발을 꼬며 어쩔 줄을 몰랐다. 드디어 아버지가 떠날 때에야 마지못해 아버지에게 안기기는 했지만, 산장 밖으로 배웅을 하지는 않았다. 홀 안에서 그는 아버지의 자동차 디젤 모터가 공터에서 그렁거리며 사라지는 소리를 들으면서 안도의 숨을 내쉬었다. 선생님은, 자신은 니꼴라가 짐을 내려놓고 자리를 잡도록 도와줄 테니, 캠프 교사들은 애들을 조용히 정돈시키고 영화를 계속 상영하라고 지시했다. 선생님은 가방을 침실에 올려 놓아야 한다며, 니꼴라에게 그것을 어디에 두었느냐고 물었다. 니꼴라가 주위를 둘러보았지만 가방은 보이지 않았다. 영문을 알 수 없었다.

「저는 여기 있는 줄 알았는데요.」

니꼴라가 웅얼거렸다.

「가져 온 게 확실하니?」

선생님이 물었다.

「예.」

니꼴라는 가방을 차 트렁크 안에, 스노 체인과 아버지의

---

[1] 규정 시간 내에 회전을 해야 하는 스키 시험에 통과한 사람이 받는 배지.

의료 기구 견본 가방 사이에 분명히 넣었던 생각이 났다.

「도착해서 트렁크에서 가방을 꺼냈니?」

니꼴라는 입술을 깨물면서 고개를 저었다. 확실하지가 않았다. 아니다. 가방을 꺼내는 것을 잊어버린 게 분명했다. 그들이 차에서 내리고, 아버지가 다시 탔지만 트렁크를 열었던 기억은 없었다.

「저런!」

선생님이 못마땅해서 말했다. 자동차가 떠난 지는 5분이 됐지만, 그 차를 따라잡기에는 너무 늦었다. 니꼴라는 울고 싶은 심정이었다. 자기 잘못이 아니라면서 얼버무렸다.

「그 정도는 네가 생각할 수도 있지 않았니?」

선생님이 한숨을 내쉬었다. 그러나 그가 얼마나 주눅이 들어 있는지를 눈치챈 선생님은 한결 부드러워져 어깨를 으쓱해 보이면서, 속상하지만 그리 심각한 일은 아니라고 말했다. 무슨 다른 방법을 찾아보자. 어쨌든 아버지가 빨리 알아차리실 거야. 그럴 거예요. 니꼴라는 아버지가 의료 기구 견본을 꺼내려고 트렁크를 열어 보는 순간 상황을 파악할 것이라며, 이런 생각을 굳혀 주었다. 선생님은 상황으로 보아 니꼴라의 아버지가 즉시 가방을 가져다 줄 것이라고 말했다. 예, 틀림없어요. 자기 물건들을 찾았으면 하는 바람과 아버지가 다시 오게 되는 데 대한 두려움이 교차하는 가운데 니꼴라가 말했다.

「아버지가 어디서 주무실 생각인지 알고 있니?」

선생님이 물었다. 니꼴라는 모르고 있었다. 이미 어두

워진 뒤였고, 아버지가 다음날 아침이 되기 전에 가방을 가져 올 가능성은 거의 없었다. 오늘 밤을 보내려면 무슨 방법을 찾아야 했다. 선생님은 니꼴라와 함께 기록 영화 상영이 끝나고 저녁 식사 준비가 시작된 큰 방으로 갔다. 그는 선생님 뒤를 따라 문턱을 넘으면서 모든 것이 낯설기만 한 환경 속에서 사람들의 놀림거리가 될 게 분명한 신참자들이 겪는 당혹감을 느끼고 있었다. 그는 선생님이 할 수 있는 한 자신을 친구들의 적의와 조롱으로부터 보호해 주고 있다고 느꼈다. 아이들의 시선을 집중시키기 위해 손뼉을 탁탁 치고 나서, 누가 잠옷 좀 빌려 주겠냐고, 늘 넋이 나간 니꼴라가 이번에도 가방을 잊어버렸다고 농담조로 말했다.

아이들이 받은 통신문에 잠옷을 세 벌 가져 와야 한다고 적혀 있었기 때문에, 누구든지 잠옷을 빌려 줄 수 있는 상황인데도 아무도 선뜻 나서지 않았다. 니꼴라는 주위에 빙 둘러 모여 있는 친구들을 감히 쳐다보지도 못하고, 조금 짜증을 내며 다시 한번 물어 보는 선생님 옆에 바짝 붙어 있었다. 그는 친구들이 낄낄거리는 소리, 누군지는 모르겠지만 〈걔가 오줌을 쌀 텐데요!〉 하고 말해 한바탕 아이들의 웃음을 자아내는 소리를 들었다. 분명히, 누군가가 우연히, 별 뜻 없이 심술궂게 던진 말임에 틀림없었지만, 정곡을 찌르는 말이었다. 니꼴라는 아직도 오줌을 싸는 일이 있었다. 물론 아주 드문 일이기는 했지만 그래도 집이 아닌 다른 곳에서 자는 게 겁이 났다. 이번에도 스키 캠프

애기가 나왔을 때부터 그 일은 니꼴라의 커다란 근심거리 중의 하나였다. 그래서 처음에 니꼴라는 캠프에 가고 싶지 않다고 했던 것이다. 그의 엄마가 이 일로 선생님을 만나 상의했을 때, 선생님은 니꼴라만 그런 것도 아닐 테고 또 애들하고 함께 지내다 보면 이런 문제가 없어질 수도 있다고, 만약의 경우에 대비해 여벌의 잠옷 한 벌과 침대 매트가 젖지 않도록 방수 커버 하나만 넣어 보내면 될 것이라고 엄마를 진정시켰다. 선생님이 이렇게 안심을 시켰는데도 여행 가방을 싸는 내내 걱정이 되었다. 다른 애들과 방을 같이 쓸 텐데, 친구들 모르게 어떻게 방수 커버를 시트 밑에 깔 수 있을까? 이것과 비슷한 또 다른 고민 몇 가지 때문에, 캠프 출발 전에 니꼴라는 안절부절못했다. 그러나 지금 실제로 자신에게 닥친 상황은 미처 생각도 해보지 못한 최악의 경우였다. 여행 가방, 방수 커버, 잠옷, 어느 하나도 없이, 놀리기만 하고 빌려 주지는 않는 아이들 앞에서 구걸하는 신세로 전락할 줄이야. 도착한 순간부터 마치 이마에 자신의 부끄러운 비밀을 써놓기라도 한 것처럼, 모든 것을 들켜 버리게 될 줄이야.

　마침내 누군가가 잠옷을 빌려 주겠다고 했다. 오드칸이었다. 이 제안 또한 아이들의 웃음을 자아냈다. 왜냐하면 오드칸은 반에서 키가 제일 큰 아이고, 니꼴라는 반대로 키가 제일 작은 아이 중 한 명이었기 때문이었다. 혹시 오드칸의 제안이 니꼴라를 더 우스꽝스럽게 만들려는 게 아닌가 하는 의심까지 들었다. 그러나 오드칸은 아이들의 빈정거림을 단칼에 자르며, 누구든지 니꼴라를 괴롭히면 가만두지 않겠다고 했다. 이젠 아무도 두말하면 안 되었다. 니꼴라는 고마워하면서도 불안감을 떨치지 못한 채 오드칸을 바라보았다. 선생님도 안심이 되긴 하지만 당황한 것 같았다. 뭔가 함정이 있지 않을까 염려를 하는 것처럼.

　오드칸은 들쭉날쭉 도대체 종잡을 수 없이 아이들 위에 군림하고 있었다. 예를 들어, 게임을 할 때 그가 심판을 할지, 주장을 할지, 시비를 가려 줄지, 아니면 옳고 그른 것 따위는 안중에도 없을지 전혀 짐작하지 못하는 상태에서 모든 것이 오드칸을 중심으로 결정되었다. 몇 초 간격으로 지나치게 친절했다가 갑자기 상상을 초월할 정도로 사나워지곤 했다. 자신의 조무래기들을 보호해 주고 잘 대해 주다가도 이유 없이 타박하고, 그때까지 무시하고 함부로 대하던 아이들로 갈아치우곤 했다. 한마디로, 오드칸과는 어느 장단에 춤을 춰야 할지를 몰랐다. 아이들은 오드칸을 감탄 어린 눈으로 바라보면서도 두려워하고 있었다. 어른들조차도 오드칸을 무서워하는 것 같았다. 더군다나 키도 어른만한 데다가 목소리도 어른 같고, 콩나물 자라듯 순식간에 자란 아이들에게서 보이는 어색함이 이 아이에게는 없었다. 그는 지나칠 정도로 노숙하게 말하고 행동했다. 가끔 거칠게 말할 때도 자기 또래에 비해 놀라울 정도로 돋보이는 정확하고 풍부한 어휘를 구사하였다. 성적이 아주 좋은 과목도 있었지만 아주 나쁜 과목도 있었다. 그러나 그것 때문에 걱정을 하는 것 같지는 않았다. 학년 초에 늘 적어 내는 가정 환경 조사서에 오드칸은 〈아버지: 사망〉이라고 적었고, 그가 엄마와 단둘이 살고 있다는 것은 모두가 알고 있었다. 오드칸 엄마는 토요일 정오에만 빨간 소형 스포츠카를 타고 아들을 데리러 나타나곤 했다. 차에서 내리지는 않았지만, 화장기 짙은 얼굴, 움푹 패인 볼, 온통 뒤엉켜 있는 듯한 숱 많은 붉은 머리카락이 도발적인 아름다움을 풍기고 있는 그녀의 모습은 볼 수 있었다. 그녀는 여느 엄마들과는 달랐다. 평일에 오드칸은 전차로 혼자 등 하교를 했다. 그의 집이 학교에서 멀었기 때문에 아이들은 그가 왜 집 근처에 있는 학교에 다니지 않는지 의아스레 여겼다. 다른 아이에게는 쉽게 물어 볼 수 있겠지만 오드칸에게는 그것이 불가능했다. 오드칸이 배낭을 어깨에 걸치고 —— 그는 책가방을 메고 다니지 않는 유일한 아이였다 —— 전차역으로 가는 것을 보면서, 오드칸이 없는 자리라고 감히 그에 대한 얘기를 할 수 없기 때문에, 아이들은 해답도 없이 저마다 그의 하교길을, 오드칸 모자(母子)가 사는 동네를, 그들의 아파트와 오드칸의 방을 상상해 보곤 했다. 이 도시 어디엔가 오드칸의 방이 있다는 생각은 그럴 법하지 않으면서도 묘하게 흥미를 끄는 데가 있었다. 오드칸의 방에 들어가 본 적이 있는 아이는 아무도 없었고, 오드칸도 다른 아이들 집에 놀러 가지 않았다. 니꼴라도 이런 특이한 점에 있어서는 오드칸과 같았지만, 그의 경우는 훨씬 눈에 띄지도 않았고 아무도 이것을 눈치채지도 못하고 있었다. 그리고 그건 그가 바라는 바였다. 친구들 중 어느 누구도 니꼴라를 초대한다거나 니꼴라 집에 초대를 받는다거나 하는 생각을 해보지 않았다.

오드칸이 대범하고 권위적이라면, 니꼴라는 겁 많고 있는 듯 없는 듯한 아이였다. 그는 학년 초부터 오드칸이 자기를 지목해서 무슨 요구라도 할까 봐 겁에 질려 있었고, 여러 번 그가 자신을 동네북으로 삼는 악몽을 꾸곤 했다. 오드칸이 마치 원형 경기장에서 갑자기 관용을 베풀어야겠다는 생각에 사로잡힌 로마 시대의 제왕처럼, 잠옷 구걸이라는 형벌에서 그를 구해 주었을 때도 그는 여전히 잔뜩 겁을 먹고 있었다. 지금 오드칸이 니꼴라를 보호한다고 해도, 언제 그를 내칠지, 그래서 충동질해 놓은 다른 아이들의 손아귀에 들어가도록 내버려둘지 모르는 일이었다. 모든 아이들은 오드칸의 총애를 받고 싶어하면서도 그것이 위험하다는 사실을 알고 있었다. 니꼴라는 지금까지는 용하게도 오드칸의 시선을 끌지 않는 데 성공을 했다. 그러나 이제 상황이 변했다. 그는 아버지의 실수 때문에 모든 이의 주목을 받았고, 캠프 기간 동안 자신에게 뭔가 끔찍한 일이 생길 것 같다는 그의 예감이 적중했다고 생각했다.

4

 니꼴라를 제외한 대부분의 아이들이 학교 식당에서 점심을 먹었다. 니꼴라 엄마는 유치원에 다니는 니꼴라 동생과 니꼴라를 데리러 왔고, 세 사람은 함께 집에서 점심을 먹었다. 아버지는 음식도 좋지 못한 데다 종종 싸움까지 일어나곤 하는 학교 식당에서 점심을 먹는다고 불평을 하는 친구들에 비하면 그들이 얼마나 다행이냐고 했다. 니꼴라도 아버지처럼 생각했다. 그리고 누가 물으면 맛없는 점심과 소동을 피할 수 있으니 좋다고 말했다. 하지만 니꼴라는, 친구들 사이의 *끈끈한* 관계는 주로 12시에서 오후 2시 사이에, 학교 식당에서, 또 식사 후에 휴식을 취하는 운동장에서 맺어진다는 것을 알고 있었다. 니꼴라가 없는 사이 아이들은 프티 스위스 치즈를 집어 던지며 장난을 쳤다. 그러다 보면 사감에게 벌도 받았지만, 이 과정에서 아이들끼리는 서로 친해졌다. 반면 엄마가 다시 학교에 데려다 줄 때마다, 니꼴라는 마치 처음 온 아이처럼 그날 아침에 맺은 친구 관계를 원점에서부터 다시 풀어 나가야 했다. 니꼴라 밖에는 아무도 마음속에 새겨 두지 않았다. 너무나 많은 일이 두 시간의 점심 시간에 일어난다는 사실을……

  니꼴라는 산장도 학교 식당과 같을 거라고 생각했다. 하지만 2주 동안 계속되는 이번 캠프 기간에는 힘들게 느껴져도 집으로 돌아갈 수 없었다. 니꼴라는 이 점을 미리 걱정했고, 부모님도 같은 생각이었기 때문에, 의사한테 니꼴라가 캠프에 가지 않을 수 있도록 진단서를 써줄 수 있느냐고 물었다. 그러나 의사는 거절하면서 캠프에 가는 게 니꼴라에게 좋을 것이라고 충고했던 것이다.

  산장에는 여선생과 주방장 겸 운전사 외에 파트릭과 마리 앙주라는 2명의 캠프 교사가 있었다. 니꼴라가 친구들에게 다가갔을 때, 이 두 사람은 아이들에게 식사 준비를 시키고 있었다. 어떤 아이들은 식탁을 차리고 다른 아이들은 접시를 가져다 놓고 있었다. 파트릭은 니꼴라의 아버지에게 웃으면서 풀 위에서 하는 스키에 대해 얘기했던 사람이다. 그는 떡 벌어진 어깨에 그을리고 각진 얼굴을 하고 있으며 새파란 눈에 긴 머리를 말총처럼 뒤로 묶고 있었다. 마리 앙주는 약간 뚱뚱한 여자로 웃을 때 깨진 앞니가 드러나곤 했다. 두 사람 다 초록과 연보라색의 운동복을 입고, 팔목에는 색색의 실로 꼬아 만든 브라질 팔찌를 차고 있었다. 사람들은 소원을 빌면서 이 팔찌를 묶고서 이

것이 저절로 풀릴 때까지 지니고 있는데, 그러면 대개는 바라던 소원이 이루어진다고 했다. 파트릭은 이런 팔찌를 굉장히 많이 갖고 있었고, 자기 마음에 드는 아이들에게 마치 훈장처럼 나누어 주곤 했다. 그는 도착한 지 얼마 안 되는 니꼴라에게 팔찌를 하나 줬는데, 이 사실이 팔찌를 갖고 싶어하던 아이들의 원성을 샀다. 니꼴라가 팔찌를 받을 만한 일을 한 게 뭐가 있담! 파트릭은 웃으면서, 불쌍한 니꼴라가 가방을 잊어버리고 왔으니 위로해 줘야 하지 않겠느냐고 말하는 것이 아니라, 자신이 어렸을 때는 아버지가 여동생과 자신 가운데 한 명이 잘못을 하면, 꼭 다른 한 명을 혼내 주곤 했다고 말했다. 일찍부터 아이들에게 세상살이를 하다 보면 부당한 일이 있다는 사실을 가르쳐 주기 위해서. 니꼴라는 친구들에게 툭하면 훌쩍거리는 응석받이로 보이지 않게 해준 파트릭에게 말없이 고마워했다. 니꼴라는 테이블을 돌며 수프용 수저를 놓으면서, 무슨 소원을 빌까 생각했다. 먼저 오늘 밤에 오줌을 싸지 않게 해달라고 빌까 하다가, 또 캠프 내내 오줌을 안 싸게 해달라고 빌면 어떨까 하다가, 지금 자기 상황으로 보아 캠프가 무사히 끝나기를 빌 수도 있겠다 하는 데까지 생각이 미쳤다. 기왕에 평생 동안 모든 일이 순조롭게 풀리기를 빈다면? 아니, 그가 바라는 모든 소원이 이루어지기를 비는 건 또 어떨까? 개별적인 소원들을 다 포함할 수 있는, 이렇듯 최대한 일반적인 소원은 얼른 보기에도 너무 유리하게 보여 세 가지 소원 얘기에서처럼 함정이 있을 것 같았다. 니꼴라는 농부의 코가 소시지로 변한다는, 세 가지 소원 얘기의 아기자기한 동화식 줄거리도 알고 있었지만, 같은 내용을 훨씬 끔찍하게 엮은 다른 줄거리의 얘기도 알고 있었다.

그의 부모님 침대 위에는 민속 인형들과 책이 놓여 있는 선반이 하나 있다. 대부분의 책이 집 안 손질과 약초를 이용한 민간 요법에 관한 것이었는데, 그 가운데 두 권이 니꼴라의 흥미를 끌었다. 한 권은 녹색의 두꺼운 의학 사전이었다. 부모님이 눈치채실까 봐 차마 자기 방으로 가져가지도 못하기 때문에, 가슴이 콩당콩당 뛰어도 문 쪽을 흘깃흘깃 보면서 찔끔찔끔 읽을 수밖에 없었다. 다른 한 권의 제목은 『무시무시한 이야기들』이었다. 이 책의 표지에는 거울을 들여다보는 한 여자의 뒷모습이 그려져 있는데, 거울 속에서 얼굴을 찡그린 해골의 모습이 보였다. 이것은 문고판이어서 의학 사전보다 훨씬 손에 잡기가 쉬웠다. 부모님이 알면 그 나이에 읽을 책이 아니라며 빼앗아 갈까 봐 슬그머니 자기 방에 가져 와서는 자기가 가지고 있는 약간의 책들 사이에 숨겨 놓았다. 니꼴라는, 만일의 경우를 대비해 위장용으로 『고대 이집트의 이야기와 전설』이라는 책을 준비해 놓고는, 침대에 배를 깔고 비스듬히 누워 책읽기에 빠져 들었다. 그 책에 나오는 「이시스와 오시리스 신 이야기」는 니꼴라가 열 번도 더 읽었던 이야기이다.

〈무시무시한 이야기들〉 중 하나는, 거무스름하고 말라

비틀어진, 부적과 흡사한 잘린 원숭이 다리 하나가 주인이 말하는 세 가지 소원을 들어줄 수 있는 재주를 가진 사실을 어떻게 한 노부부가 발견하는가 하는 얘기이다. 할아버지는 별 생각 없이, 별로 기대도 안 하고 지붕을 고칠 돈이 필요하니 조금 달라고 소원을 말한다. 그러자 이내 할머니가 할아버지에게 어리석다고 나무라며 돈을 조금 더 많이 요구했어야 한다고, 할아버지가 다 망쳐 버렸다고 말한다. 몇 시간이 지나자 누가 대문을 두드려 나가 보니 아들이 일하는 공장의 직원이었다. 그 사람은 매우 당황해 하면서 끔찍한 일을 알리게 되었다고 했다. 사고였다. 그들의 아들이 기계의 톱니바퀴에 끌려 들어가서 만신창이가 되어 죽었다고 했다. 공장장이 장례 비용에 쓰도록 얼마간의 돈을 보냈는데, 그 액수가 정확히 할아버지가 빌었던 금액이었다. 할머니는 고통으로 울부짖으며 아들을 돌려 달라고 두 번째 소원을 빌었다. 그랬더니 이번에는 밤이 되자 문 앞에서 찢겨진 아들의 시체가 조각조각 굴러다니기 시작했다. 피를 뚝뚝 떨구는 살덩이들이 현관 층계 위를 굴러다니고 절단된 손 하나가 문틈으로 자꾸만 들어오려 하고 있었다. 노부부는 공포로 온몸이 얼어붙은 채 문 뒤에서 꼼짝하지 않고 숨어 있었다. 이제 그들에게는 한 가지 소원밖에 남지 않았다. 이 이름 없는 끔찍한 것이 사라졌으면. 정말로 죽어 없어져 버렸으면······.

5

 한 방에는 6명의 아이들이 잤다. 오드칸이 자는 방에 빈 침대가 하나 있었는데, 오드칸은 니꼴라의 의견은 물어 보지도 않고 니꼴라가 거기서 잘 거라고 말했다. 선생님은 내심 오드칸의 태도가 돌변한 데 대해 미심쩍어 하면서도 오드칸같이 제일 큰 아이가 선생님이 보기에도 애처로운, 겁 많고 너무 애지중지 자란, 학급의 제일 꼬마인 니꼴라를 보호해 주는 것은 잘하는 일이라 생각해 승낙을 했다. 아이들 방에는 2층 침대들이 놓여 있었다. 오드칸이 니꼴라가 자기 위층에서 잘 거라고 선언했으므로, 니꼴라는 침대 사다리를 타고 올라가 오드칸이 빌려 준 잠옷을 껴입고 팔목과 발목 부분을 접어 올렸다. 윗도리는 무릎께까지 축 내려오고 허리춤은 헐렁헐렁 춤을 춘다. 화장실에 가려면 잠옷 아랫도리를 양손으로 꼭 잡아 주어야 했다. 게다가

실내화나 수건, 목욕 타월, 칫솔도 없었다. 다른 아이들도 이런 준비물들은 하나씩밖에 가져 오지 않아서 니꼴라에게 빌려 줄 수 없었다. 다행히 누구도 여기까지는 생각이 못 미쳤으므로, 아이들이 시끌벅적하게 씻고 있는 틈을 타서 아무도 눈치채지 못하게 슬쩍 먼저 침대에 누웠다. 니꼴라가 자는 침실의 관리를 맡고 있는 파트릭이 와서 니꼴라의 머리를 쑤석거리듯 쓸어 내리고는 모든 일이 잘될 테니 걱정하지 말라고 했다. 만약 무슨 일이 생기면 그에게, 파트릭에게 말한다고 약속하지? 니꼴라는 그러겠다고 했다. 파트릭의 이런 관심이 한편으로는 힘이 되기도 했지만, 다른 한편으로는 모든 사람들이 꼭 니꼴라에게 나쁜 일이라도 생길 것을 기대하는 것 같아, 곤혹스러운 마음이 들었다.

 아이들이 모두 침대에 눕자, 파트릭은 불을 끄고 잘 자라고 한 다음 방문을 닫았다. 이제 깜깜한 어둠 속이었다. 니꼴라는, 이제 곧 한바탕 난리가 나서 애들이 베개 싸움을 하면, 자기가 어느 편에 끼어야 할지 모르겠다고 생각하고 있었는데, 이런 일은 일어나지 않았다. 그는 아이들이 오드칸의 허락이 떨어지기만을 기다리고 있다는 사실을 알아차렸다. 오드칸은 한참을 방안에 고요한 침묵이 흐르도록 놔두었다. 점점 아이들의 눈도 어둠에 익숙해져 갔다. 숨소리도 점점 고르게 되어갔다. 그러나 어떤 기다림이 있음이 감지되었다.

「니꼴라!」

침실에 마치 단둘만 있기라도 한 것처럼, 다른 아이들은 있지도 않은 듯이, 오드칸이 정적을 깨고 말했다.
「응?」
니꼴라가 작게 대답했다.
「너의 아버지 뭐 하시는 분이니?」
니꼴라는 아버지가 외판원이라고 대답했다. 그는 제 생각에 품위도 있고 조금은 신비하기까지도 한 아버지의 직업에 대해 상당히 자부심을 느끼고 있었다.
「그럼 너의 아버지는 여행을 많이 하시겠네?」
오드칸이 물었다.
「응. 언제나 도로 위에 계시는 셈이지.」
니꼴라는 엄마한테 들었던 적이 있는 말을 그대로 따라 했다. 니꼴라는 으스대며 아버지의 직업 덕분에 주유소에서 얼마나 많은 선물을 받을 수 있는지를 한바탕 늘어놓으려 했다. 그러나 오드칸이 니꼴라의 아버지가 어떤 종류의 물건을 파는지 물어 보는 바람에 그러지 못했다. 니꼴라가 보기에 놀랍게도 오드칸이 그를 놀리려고 이런 질문을 하는 것 같지는 않았다. 정말로 아버지의 직업에 호기심을 가지고 있는 것 같았다. 니꼴라는 아버지가 외과 의료 기구 외판원이라고 말해 주었다.
「핀셋이나 메스 같은 것 말이니?」
「응. 또 인공 보조 기구 같은 것도.」
「나무 의족 같은 것도?」
신이 난 오드칸이 심문하듯 물었다.

당황한 니꼴라는, 이러다가는 웃음거리가 될지도 모르겠다는 불안한 마음이 자신을 조여 오는 것을 느꼈다.
「아니, 플라스틱 의족이야.」
니꼴라가 대답했다.
「그럼, 너의 아버지는 차 트렁크에 플라스틱 의족을 가지고 다니겠구나.」
「응. 그리고 의수들도 들어 있어.」
「머리는?」
　다른 아이들처럼 자고 있는 줄만 알았던, 붉은 머리에 안경을 낀 뤼카가 킥 웃음을 터뜨렸다.
「그런 건 없어. 우리 아버지는 외과 의료 기구 외판원이지, 이상한 장난감을 파는 분이 아니야.」
　오드칸이 대답을 듣고 너그럽게 웃자, 니꼴라는 오드칸의 비호 아래 이제는 그에게 이런 재미있는 얘기도 할 수 있고 오드칸을 웃기기까지 했다는 사실에 마음이 편해지고 어깨가 으쓱해졌다.
「아버지가 그런 걸 네게 보여 주신 적이 있니?」
　오드칸이 또 물었다.
「물론이지!」
　조금 전에 히트를 쳐서 자신감을 얻은 니꼴라가 대답했다.
「그 중 하나라도 네가 껴본 것이 있니?」
「아니, 그럴 수는 없어. 의수나 의족은 본래 다리나 팔 자리에 끼는 거야. 네가 진짜 팔과 다리가 있으면 어디에

다가도 걸칠 수가 없는 거야.」

「내가 너희 아빠였더라면 너를 시범 대상으로 삼았을 거야. 먼저 네 다리와 팔을 자른 다음, 너한테 맞는 의수와 의족을 만들어서, 이것을 끼운 네 모습을 직접 고객들에게 보여 줄 텐데 말이야. 그러면 멋진 선전이 되지 않겠니?」

아무렇지도 않은 듯 오드칸이 물었다.

옆 침대에 있던 아이들이 이 말을 듣고 박장대소했고, 뤼카는 피터팬에 나오는 후크 선장 얘기를 했다. 니꼴라는, 오드칸이 마침내 자기가 처음에 걱정했던 것보다 훨씬 위험한 본색을 드러낸 것 같아, 갑자기 겁이 덜컥 났다. 오드칸의 비굴한 똘마니인 아이들은 벌써 웃고 있었고, 이 실력자는 무심한 듯이, 그의 상상의 세계에서 잘 다듬어진 어떤 형벌을 내릴까 하고 찾고 있는 것이었다. 그러던 그가 갑자기 조금 전 자신의 말이 얼마나 위협적이었는지를 감지한 듯, 그 특유의 둘도 없이 부드러운 어조로 말했다.

「내가 괜히 널 놀리는 거야. 걱정하지 마, 니꼴라.」

그러고 나서 내일 니꼴라의 아버지가 여행 가방을 가지고 산장에 오면 그때 인공 보정 기구들과 의료 기구통을 볼 수 있겠느냐고 물었다.

「너도 알겠지만 그건 장난감이 아니야. 아버지는 손님들에게만 그걸 보여 주셔.」

어쩔 줄을 몰라 하는 니꼴라가 말했다.

「우리가 부탁해도 안 될까? 네가 아버지한테 부탁하는 데도?」

오드칸이 집요하게 나왔다.
「아마, 안 될 거야.」
니꼴라가 기어들어가는 소리로 대답했다.
「네가, 그 대신 이번 캠프 동안 아무도 널 때리지 않을 거라고 아버지한테 얘기해도?」
니꼴라는 아무 말도 하지 않았으나 또다시 겁이 났다.
「그래, 정 그렇다면 내가 다른 방법을 찾는 수밖에.」
오드칸이 결론을 지었다. 그리고 잠시 후 그는 아이들을 향해 〈자, 이제 모두들 취침!〉 하고 소리쳤다. 그의 커다란 덩치가 편한 자세를 찾느라 뒤척이는 소리가 들렸다. 이제부터는 입도 뻥끗해서는 안 된다는 사실을 모두가 잘 알고 있었다.

6

 아무 소리도 들리지 않았지만, 니꼴라는 다른 아이들이 정말 잠이 들었는지 알 길이 없었다. 아이들은 오드칸의 화를 돋울까 봐 자는 체하는 것 같았고, 오드칸 자신도 누구든지 이 취침의 철칙을 어기는 아이를 붙잡으려고 자는 시늉을 하는 것인지도 몰랐다. 니꼴라는 자고 싶지 않았다. 침대에 오줌을 싸고 오드칸의 잠옷을 적셔 놓게 될까 봐 겁이 났다. 더 끔찍한 일은, 방수 커버가 없기 때문에 오줌이 침대 매트 사이로 새서 아래에서 자고 있는 오드칸에게 떨어지면 어떻게 하느냐는 것이었다. 그 고약한 냄새를 풍기는 액체가 오드칸의 호랑이 같은 얼굴에 떨어지기 시작하면, 그가 코를 찡그리면서 일어나서는……. 그 다음에는 어휴, 정말 끔찍한 일일 것이다. 이 같은 불행을 막는 유일한 방법은 잠들지 않는 것이다. 그의 손목시계의 형광

바늘은 9시 20분을 가리키고 있었다. 아침 기상 시간이 7시 30분이니까, 그야말로 밤을 완전히 꼬박 새워야 하는 셈이었다. 그러나 이번이 처음은 아니다. 그는 이미 이 분야의 경험자가 아닌가.

작년에 아버지가 니꼴라와 동생을 놀이 공원에 데리고 간 적이 있었다. 나이 차이가 좀 있는 이 두 형제는 서로 관심이 가는 게 달랐다. 니꼴라가 유령의 집이나 귀신 열차, 회전 열차에 특히 흥미를 보이는 반면, 동생은 어린이용 회전 목마에 자꾸 눈길을 주었다. 아버지는 절충안을 제시하려고 애썼고, 그래도 아이들이 받아들이지 않을 때는 화를 내곤 했었다. 그러다가 공중에서 원을 그리며 빠른 속도로 돌아가고 있는 애벌레 모양의 회전 열차 앞을 지나가게 되었다. 이 기구를 타는 사람들은 자신들이 앉은 좁은 좌석의 추락 방지 안전대를 움켜잡고, 머리는 아래쪽으로 쏠리고 몸은 원심력에 의해 하늘로 치켜 올라간 채 매달려 있었다. 이 기구는 더 속도를 내면서 점점 빨리 돌아갔고, 사람들이 소리지르는 것이 들렸다. 사람들은 창백해져서는 다리를 후들거리며 내려왔지만, 이 진기한 경험에 매료된 것 같았다. 또래로 보이는 한 아이가 니꼴라에게 정말 기가 막혔다고 하자, 같이 기구를 탔던 아이의 아버지는 니꼴라의 아버지에게 기가 막혔다기보다는 끔찍한 경험이었음을 암시하는 교감의 미소를 흘렸다. 니꼴라는 이 기구를 타고 싶었으나, 아버지가 매표소에서 12세 이하의 어린이는 어른이 동반해야 한다고 적힌 푯말을 가리켰다.

「아빠! 저랑 좀 같이 타요.」

니꼴라가 말했다.

「아빠 제발요. 같이 타요.」

아버지는 허공에 머리가 매달린 채 흔들리는 것이 썩 내키지 않는 듯, 겁에 질릴 동생을 데리고 갈 수도 없고 봐주는 사람 없이 혼자 놔둘 수도 없다고 핑계를 댔다. 그때 기구를 방금 타고 내려온 아이의 아버지가 친절하게도 니꼴라와 아버지가 기구를 타는 3분 동안 동생을 봐주겠다고 했다. 이 아저씨는 나이가 약간 더 들었을 뿐 스키 캠프 교사인 파트릭과 비슷했다. 니꼴라의 아버지가 묵직한 로덴 직 외투를 입고 있는 반면, 그는 청재킷을 입고 있었고 얼굴에는 장난기가 가득했다. 니꼴라는 고마운 마음에 그를 쳐다보고는 한 가닥 희망을 걸고 아버지에게 눈길을 돌렸다. 그러나 아버지는 매몰차게 그럴 필요 없다고 했다. 니꼴라가 아버지의 마음을 바꾸기 위해 무슨 얘기를 하려 들자, 아버지는 그를 째려보고는 아들의 뒷덜미를 세게 움켜쥐어 앞으로 걸어가도록 했다. 이제 그들은 묵묵히 놀이 기구에서 점점 멀어져 갔다. 조금 전의 그 아이와 아저씨가 시야에 보이는 동안에는 니꼴라는 아버지에게 항의할 엄두도 내지 못했다. 단지 자신의 등뒤에서, 그런 친절한 제의를 했는데 왜 갑자기 애들을 데리고 가버린담 하면서 어리둥절해 있을, 그 아이와 아저씨의 모습만을 상상했다.

니꼴라가 꽤 멀리 왔다고 생각했을 때, 아버지가 걸음을 멈추고, 아버지가 한번 안 된다고 하면 안 되는 것이지, 사람들 앞에서 떼를 써봤자 소용없다고 엄하게 말했다.

「왜 안 되는데요? 그런다고 해서 아버지가 어떻게 되는 것도 아니잖아요?」

울먹이며 니꼴라가 말했다.

「너, 진짜 내가 왜 그러는지 알고 싶니?」

눈살을 찌푸리며 아버지가 물었다.

「그래, 정 알고 싶으면 얘기해 주마. 넌 이제 컸으니 이런 걸 설명해 줘도 되겠지. 단, 이 얘기는 누구한테도 해서는 안 된다. 네 친구한테도, 그 어느 누구에게라도. 이건 내가 한 병원 책임자한테서 들은 이야기란다. 물론 의사들은 모두가 알고 있는 얘기지만 사람들한테 겁주지 않으려고 쉬쉬하고 있단다. 얼마 전에 여기와 비슷한 한 놀이 공원에서 어린 소년 한 명이 실종되었단다. 부모가 잠시 한눈을 파는 사이 애가 없어진 거야. 모든 게 순식간에 생긴 일이란다. 눈 깜짝할 사이에 사라지는 게야, 알겠니? 하루 종일 실종된 애를 찾다가, 결국, 울타리 뒤에 의식을 잃은 채 있는 아이를 발견하고 병원으로 옮겼다. 그 아이의 등에는 붕대가 감겨 있었는데 피가 철철 흐르고 있었지. 그때 의사들은 상황을 파악한 거야. 뉴스로 듣게 될 내용을 미리 알고 있었던 거지. 누군가가 아이를 수술해 콩팥을 떼어 냈다는 사실을. 니꼴라야, 세상에는 이런 끔찍한 일을 저지르는 사람들이 있단다. 이런 걸 장기 매매라고 하는데, 이 사람들은 조그만 트럭에 애들을 잡아서 그 자리에서 수술을 할 수 있도록 모든 장비를 다 가지고 다닌단다. 놀이 공원 주변이나 학교 교문을 어슬렁거리며 배회하다가 아이들을 납치하는 거야. 그 병원 책임자는 내게 이런 일이 새어 나가지 않았으면 좋겠다고 했지만, 이런 일들이 갈수록 빈번히 일어나고 있지 뭐냐. 그 사람 병원에만 해도 팔 하나가 잘린 애 한 명과 두 눈이 뽑힌 꼬마 한 명이 왔다고 하더라. 니꼴라야, 이제 왜 내가 네 동생을 낯선 사람에게 맡기지 않으려 했는지 알겠니?」

니꼴라는 이 얘기를 듣고 나서부터 여러 번 그 놀이 공원에서 벌어지는 악몽을 꾸었다. 아침에 일어나면 자세한 줄거리는 생각나지 않았지만, 나락으로 떨어져 이름 모를 공포에 휘말렸다는 것, 깨어나지 못할 것만 같았다는 것은 생각이 났다. 애벌레 모양의 금속성 놀이 기구 몸체가 놀이 공원의 가건물 위로 솟구치고, 니꼴라는 꿈속에서 한없이 이쪽으로 끌어당겨졌다. 공포가 바로 거기 웅크리고 있었다. 니꼴라를 삼켜 버리려고 그곳에 매복하고 있었다. 두 번째로 같은 꿈을 꾸었을 때는 공포가 더욱 가까이 다가왔다는 느낌이 들었다. 세 번째 이 꿈을 꿀 때는 정말 돌이킬 수 없을 것 같다는 생각이 들었다. 니꼴라는 침대에서 자다가 죽은 채로 발견될 것이고, 아무도 그에게 무슨 일이 벌어졌는지를 모를 것이다. 그래서 그는 깨어 있겠다고 결심했다. 물론 마음먹은 대로 되지는 않았다. 자면서 또 다른 꿈들에 시달렸고 그 뒤에 놀이 공원 꿈과 애벌레 놀이 기구 악몽이 도사리고 있을까 두려웠다. 니꼴라는 그 당시에 잠을 자는 것이 무섭다는 생각을 했다.

7

 그럼에도 가족들은, 니꼴라가 깊은 잠을 자지 못하면서 걸신들린 것처럼 자는 것이 제 아버지를 닮았다고 했다. 아버지는 출장을 갔다 돌아오면 며칠을 계속 집에 있으면서 침대를 떠나지 않았다. 니꼴라는 학교에서 돌아오면 숙제를 하거나 동생과 놀 때 소리를 내지 않으려고 조심했다. 니꼴라와 동생은 거실에서 발뒤꿈치를 들고 살금살금 걸어다녔고, 어머니는 쉴새없이 〈쉿!〉 하며 집게손가락을 입술에 가져다 대곤 했다. 해가 떨어질 때쯤에야 아버지는 잠옷 차림으로 방에서 나오곤 했는데, 면도도 하지 않은 데다 퉁퉁 붓고 시무룩한 얼굴에, 잠옷 주머니는 돌돌 말린 휴지와 뜯긴 약 포장으로 불룩 튀어나와 있었다.
 아버지는 그렇게 일어나 바싹 붙은 벽 사이를 지나다가 처음 보이는 문을 밀고 들어갔을 때 아이들 방이 눈에 들어오는 게 놀라운 듯 찌푸린 얼굴을 하고 있었다. 카펫 위에 엎드려 있던 두 아이들은 하던 독서나 놀이를 중단하고 두려움 섞인 눈으로 아버지를 바라보았다. 아버지는 부자연스럽게 웃어 보이면서 몇 마디 알아들을 수 없는 소리를 중얼거렸는데, 대부분이 피곤하다거나 시간이 어떻게 하다 이렇게 됐느냐, 아니면 약을 먹었더니 정신이 하나도 없다는 등의 말이었다. 어떤 때는 니꼴라의 침대에 걸터앉아서, 한참을 넋잃은 듯 허공을 바라보며 까칠까칠한 턱수염을 만지작거리거나 베개 자국이 남아 있는 부스스한 머리를 만지곤 했다. 한숨을 내쉬기도 했고, 니꼴라에게 몇 학년이냐는 등 이상한 질문을 던지기도 했다. 묻는 말에 니꼴라가 고분고분 답을 하면, 아버지는 고개를 끄덕이면서, 이젠 장난 삼아 공부할 때가 아니다, 유급하지 않으려면 열심히 해야 한다고 말했다. 아버지는 니꼴라가 이사하던 해에 한 번 유급했던 일이 있었다는 사실을 잊어버린 듯했다. 하루는 아버지가 니꼴라에게 침대 옆으로 가까이 와서 자기 옆에 앉으라고 했다. 그러고는 니꼴라의 목덜미를 손으로 세게 감았다. 애정의 표시였던 모양이지만 니꼴라는 아파서 벗어나려고 목을 약간 틀었다.

「너를 사랑한단다, 니꼴라.」

굵고 나지막한 소리로 아버지가 말했다. 이 말이 니꼴라에게는 너무나 인상적이었다. 아버지의 애정을 의심해서가 아니라 그런 얘기를 이런 식으로도 하는구나 싶었기 때문이다. 마치, 아주 오랫동안, 아니 어쩌면 영원히 헤어지기 전에 마지막으로 하는 얘기인 것처럼. 니꼴라가 이 말을 평생 기억해 주기를 바라는 사람처럼……. 그러나 아버지조차도 금세 자기가 한 얘기를 기억하지 못하는 것 같았다. 그의 시선은 초점을 잃고 있었고 손은 떨리고 있었다. 아버지가 휴, 숨을 내쉬면서 일어났다. 완전히 구깃구깃해진 아버지의 연보라색 잠옷은 틈새가 벌어져 있었다. 정신없이 더듬더듬 아버지는 방을 나섰다. 아버지는 어느 문으로 나가야 거실을 통해 자기 방으로 다시 돌아가 잠을 잘 수 있는지 전혀 모르는 것 같았다.

8

 이제 오드칸이 아버지 트렁크에 들어 있는 인공 보정 기구를 자기 눈으로 직접 보겠다고 했던 말을 되새겨 보느라, 니꼴라는 그나마 잠이 들지 않을 수 있었다. 오드칸이 과연 어떻게 할까? 아마도 다른 아이들이 스키 강습을 받으러 마을에 내려가 있는 동안 산장에 남아 있을 것이다. 나무 뒤에 숨어 차가 도착하기만을 기다리겠지. 니꼴라 아버지는 차에서 내려 가방을 꺼내기 위해 트렁크를 열 테고, 가방을 산장으로 가져 갈 것이다. 오드칸은 아버지가 차에서 등을 돌리자마자 쏜살같이 달려가서 트렁크를 열고 인공 보정 기구와 외과 의료 기구가 들어 있는 검은 플라스틱 가방을 꺼낼 것이다. 이것이 오드칸의 계획임에 틀림없었다.

 그러나 그는 니꼴라의 아버지가 트렁크에서 무언가를

꺼내면 몇 분 후에 다시 여는 한이 있더라도 열쇠로 잠그는 버릇이 있다는 것을 모르고 있었다. 하지만 오드칸이 얼마나 대담한 아이인지를 감안해 볼 때, 산장으로 니꼴라 아버지 뒤를 따라가서 아버지가 선생님과 얘기하고 있는 동안 호주머니를 슬쩍해서 열쇠 고리를 빼내는 것을 상상할 수 있다. 오드칸이 열린 트렁크 위로 상체를 구부리고 아버지의 가방을 마구잡이로 열고서는, 엄지손가락의 도톰한 살집 위로 외과용 메스의 날카로운 칼날의 감촉을 맛보고 플라스틱 의족의 관절을 움직여 보는 장면이, 니꼴라 눈에 선했다. 그것에 매료된 오드칸은 자신이 하고 있는 일이 얼마나 위험한지를 깜빡 잊고 있다. 이때 니꼴라의 아버지는 이미 산장에서 나와 자동차 쪽으로 가고 있다. 잠시 후면, 그는 오드칸의 덜미를 잡을 것이다. 아버지의 손이 오드칸의 어깨를 덥석 잡고……. 과연 그 다음은 어떻게 될까? 니꼴라는 상상할 수가 없었다. 아버지는 정말로 누구든지 자신의 트렁크에 있는 견본을 만지는 사람은 호되게 벌하겠다고 위협하곤 했다. 사실 오드칸으로서도 난처한 상황임이 분명할 것이다. 〈생애 최악의 순간을 맞게 된다〉는 말이 머리를 떠나지 않았다. 오드칸이 아버지의 트렁크를 뒤지다 발각되면, 문자 그대로 〈생애 최악의 순간을 맞게 되는〉 셈이었다.

오드칸이 니꼴라의 아버지에게 보이는 관심이 니꼴라를 불안하게 만들었다. 니꼴라는, 오드칸이 자기 아버지에게 접근하기 위해서 자기의 신뢰를 얻으려고 자기를 보호해 주었던 것이 아닌가 하는 생각도 해보았다. 그는 오드칸에게 아버지가 없다는 사실을 떠올렸다. 그런데 오드칸의 아버지는 살아 있을 때 무엇을 했을까? 그러고 보니 오늘 저녁 이것을 물어 볼 생각도 안 했다. 했다 하더라도 물어 볼 엄두도 내지 못했을 것이다. 니꼴라 생각에는 아무래도 오드칸의 아버지가 무언가 석연치 않고 비극적인 상황에서 비참한 죽음을 맞았고, 그의 운명은 본디 그렇게 정해져 있을 것 같았다. 그는 오드칸만큼이나 위험한 무법자인 오드칸의 아버지를 떠올렸고, 오드칸이 이같이 두려운 존재가 된 것은 어쩌면 아버지의 전철을 밟으면서 그가 맞부딪쳐야 하는 위험 때문인지도 모른다고 생각했다. 니꼴라는 오드칸에게 이것을 물어 보고 싶었다. 한밤중 두 사람이 마주하는 자리라면 가능한 일이었다.

오드칸과 한밤중에 나누는 대화는 그 생각만으로도 짜릿한 느낌을 자아내는 것이었다. 니꼴라는 한참 동안 가능한 상황을 머릿속에 떠올렸다. 오드칸과 니꼴라는 잠든 아이들을 깨우지 않고 침실을 빠져 나갈 것이다. 그러고는 복도나 화장실에서 낮은 소리로 둘이 얘기하겠지. 그는 두 사람의 은밀한 대화를, 오드칸의 우람한 몸집에서 나오는 후끈함을 상상해 보았다. 천하의 독재자 오드칸에게도 슬픔이 있고, 이런 아픔을 니꼴라에게 털어놓으리라는 생각에 흐뭇해졌다. 그는 자신이 오드칸의 유일한 친구, 믿을 수 있는 단 한 사람이 되어, 불행을 털어놓는 오드칸의 얘기를 듣는 장면을 상상했다. 그는 오드칸의 아버지가 사지가 절단된 채 우물에 던져져 끔찍한 최후를 맞았고, 오드칸의 어머니는 아버지를 그렇게 죽인 옛 공범들이 어느 날 자신과 아들에 대한 복수심에 불타 다시 나타나지 않을까 하는 불안에 떨고 있다는 사실을 듣게 된다. 그토록 제멋대로이고 빈정대기 좋아하는 오드칸이 니꼴라에게 두렵고 어디에다 마음을 두어야 할지 모르겠다고 고백하는 것이다. 오드칸의 눈에서 하염없이 눈물이 흐르고 늘 자신감에 차 있던 그의 머리가 니꼴라의 무릎에 살포시 기대 온다. 니꼴라는 오드칸의 머리를 쓰다듬으며 부드러운 말로 위로한다. 태산 같은 슬픔, 늘 꼭꼭 숨겨 두었던 슬픔이 니꼴라 앞에서, 니꼴라를 위해서만 분출된다. 니꼴라만이 이 엄청난 슬픔을 감싸안을 수 있으므로. 오드칸은 울면서 어머니가 그다지도 무서워하는, 아버지를 살해한 적들이 자신을 잡으러 산장에 나타날지도 모른다고 말한다. 이 살인자들이 그를 납치하거나 그냥 그 자리에서 살해해 시체를 눈 덮인 수풀 사이에 버리고 갈지도 모르는 일이었다. 니꼴라는 오드칸을 보호하고 그에게 안전하게 지낼 수 있도록 은신처를 찾아 줄 사람은 자신밖에 없다는 것을 알았다. 어두운 색의 번들거리는 외투를 입은 악당들이 산장을 에워싸고 아무도 빠져 나가지 못하도록 각자 다른 문을 통해서 산장으로 소리없이 들어올 때 말이다. 이들은 칼을 꺼내 든 뒤 한 명의 목격자도 남기지 않겠다고 마음먹고 사정없이 능수 능란하게 내리칠 것이다. 갑자기 놀라서 깬, 잠옷 바람의 아이들 시체가 침대 밑에 겹겹이 쌓일 것이다. 피가 들이붓듯이 바닥 위로 흘러내릴 것이다. 니꼴라와 오드칸은 침대 뒤 벽에 나 있는 구멍 속에 숨어 있을 것이다. 정말 쥐구멍만한 이 공간은 비좁고 캄캄할 것이다. 공포에 휘둥그레진 두 사람의 눈만이 어둠 속에서 반짝이는 가운데, 이들의 몸이 서로 밀착될 것이다. 그들은, 자신들의 숨소리뿐만 아니라, 이 학살의 처참한 소리들, 공포에 울부짖는 친구들의 비명, 죽어 가는 신음소리, 툭 바닥에 떨어지는 시체들의 소리를 함께 듣는다. 부서진 유리 파편이 또 한번 날카롭게 흔적을 깊게 파는 소리, 나지막이 짧게 울리는 살인자들의 비정한 웃음소리를 듣는다. 안경 낀 키 작은 빨강 머리 녀석 뤼카의 잘린 머리가 침대 밑으로 굴러 와서는, 여전히 믿어지지 않는다는 듯 두 사람을 빤히 쳐다보면서 그들의 발 아래에 멈출 것이다. 잠시 후 아무 소리도 들리지 않을 것이다. 몇 시간이 지나고, 살인자들은 피를 본 기쁨과 먹이를 놓쳤다는 억울함을 동시에 간직한 채 빈손으로 산장을 떠날 것이다. 산장에는 아이들의 시체만이 산더미처럼 쌓여 있다. 그들은 밖으로 나오지 않을 것이다. 이 학살 현장의 한가운데 만들어진 자신들의 피난처에서 몸을 서로 밀착시킨 채 밤을 보내게 될 것이다. 그들의 뺨 위로 어딘가 상처에서 흐르는 피인지 아니면 다른 사람의 눈물인지 모를 뜨뜻한 액체가 흘러내리는 게 느껴졌다. 떨리는 몸으로, 그들은 여기 이렇게 있을 것이다. 밤은 끝이 없이 계속될 것만 같았다. 어쩌면 두 사람은 영원히 이 밤에서 헤어나지 못할 것이다.

9

 다음날 아침, 식사 시간이 지나고 나서도 니꼴라의 아버지는 오지 않았다. 선생님이 시계를 들여다보았다. 니꼴라 아버지를 기다리느라 스키 강습을 놓칠 수는 없지 않은가. 이번만큼은 야멸찬 시선이 자기에게 와 닿는 것을 느낀 니꼴라가 기어들어가는 소리로 자기가 산장에 남아 있는 게 제일 낫지 않겠느냐고 말했다. 니꼴라는 은근히 오드칸도 같이 남아 있겠다고 말하길 기대했다.
「너를 혼자 남겨 둘 수는 없다.」
 선생님이 반대했다. 파트릭이 딱히 위험한 일도 아니지 않으냐고 하자, 선생님은 그래도 원칙상의 문제이므로 그럴 수 없다고 했다. 그러는 동안 선생님은 니꼴라에게 어머니에게 전화를 할 테니 따라 올라오라고 했다. 어머니에게 지금의 상황을 설명하고 혹시 아버지한테 무슨 연락이라도 받았는지 알아보기 위해서 말이다. 그들은 2층으로 올라가 전화가 있는 나무벽으로 된 작은 사무실로 들어갔다. 창문에서 내다보면 계곡의 근사한 경치가 보이는 곳이었다. 전화 번호를 누르고 나서 잠깐 수화기를 들고 있더니, 선생님은 짜증난 듯이 어머니가 아침 일찍 집에서 나가시느냐고 물었다. 니꼴라는 회개라도 하는 듯한 목소리로 좀처럼 그런 일은 없다고 대답했다. 사실, 니꼴라는 엄마가 전화를 받지 않아서 더 좋았다. 이렇게 전화를 하는 게 썩 내키지 않았다. 집에 전화가 걸려 오는 일이 아주 드물긴 했지만, 아버지가 안 계실 때 전화벨이 울리기만 하면 어머니는 두려운 빛이 역력한 채 전화기 쪽으로 가곤 했다. 니꼴라가 옆에 있으면 그가 듣지 못하도록 방문을 잠그곤 했다. 마치, 어머니가 두려워하면서 니꼴라에게는 되도록 오랫동안 나쁜 소식을 알리지 않고 싶어하는 것처럼. 선생님이 한숨을 내쉬고 나서, 전화 번호를 혹 잘못 눌렀을 수도 있으므로, 다시 걸었다. 누군가가 금방 수화기를 들었다. 니꼴라는 조금 전에는 왜 받지 않았는지 궁금했다. 그는 자신이 여러 번 목격했던 대로 전화를 받고 있을 어머니 모습을 눈에 떠올렸다. 전화벨은 계속해서 울리는데 어머니는 얼굴이 굳어진 채 수화기를 차마 들 생각을 못한다. 전화벨이 멈추고 나서야 잠시 안도하는 것 같았다. 그러다 다시 벨이 울리기 시작하면, 마치 불구덩이를 피하기 위해 물로 뛰어드는 사람처럼 수화기를 붙잡고 전화를 받았다.

니꼴라는 선생님이 자기 소개를 하고 전화를 건 이유에 대해 설명하는 동안 걱정 반, 호기심 반으로 선생님 얼굴을 찬찬히 뜯어보았다. 얘기하는 도중 선생님은 니꼴라와 눈길이 마주쳤고, 니꼴라에게 수화기를 들라는 시늉을 했다. 니꼴라는 시키는 대로 했다.

「아뇨.」

선생님이 인내심을 가지고 설명했다.

「걱정하실 필요는 없지만 아무래도 신경 쓰이는 일이지요. 아시다시피, 여행 가방이랑 갈아입을 옷도 없고, 스키 장비도 없네요. 지금 걸치고 있는 옷이 전부인데, 어떻게 해야 할지 잘 모르겠네요.」

선생님은 무엇보다도 니꼴라 어머니가 반응을 보일 것을 기대하면서, 이렇게 말한 게 너무 매정하게 들릴까 봐 니꼴라에게 웃어 보였다.

「니꼴라 아빠가 가방을 꼭 가져 갈 겁니다.」

어머니가 말했다.

「저도 그랬으면 좋겠어요. 그런데 아직도 오지 않으시니 어디에 연락을 해야 하는지 니꼴라 어머니께 여쭤 보는 거예요.」

「출장 중일 때는 연락이 안 돼요.」

「정말 어느 호텔에 묵으실지 모르세요? 급하게 연락할 일이 생기면 어떻게 하죠?」

「죄송한 말씀이지만, 그렇네요.」

어머니가 냉담하게 대답했다.

「그래도 니꼴라 아버지가 가끔 전화는 하시겠죠?」
「예, 가끔요.」
「그럼, 전화하시면 이런 사정을 좀 말씀드려 주시겠어요? 문제는 만약 오늘 오시지 않는다면, 산장에서 점점 멀어지실 테고, 그럼…… 여정이 어떻게 되는지도 전혀 모르세요?」
「죄송합니다. 모르겠네요.」
「좋아요. 그럼 그건 그렇고, 니꼴라와 통화하시겠어요?」
선생님이 말했다.
「그러죠. 고맙습니다.」
선생님은 니꼴라에게 수화기를 건네주고 니꼴라가 편안하게 전화할 수 있도록 복도로 나갔다. 어머니와 니꼴라는 서로 할말이 없었다. 여행 가방에 대해서는 선생님과 어머니의 통화 내용 외에 덧붙일 것이 없었다. 아버지가 산장에 가방을 가져 오길 기다리는 수밖에 없었다. 니꼴라는 불평을 늘어놓아 어머니를 더 걱정시키고 싶지 않았다. 어머니도 자기가 걱정을 전혀 덜어 줄 수도 없으면서 괜히 이것저것 물어 봐서 더 걱정하게 만들고 싶지 않았다. 단지, 평상시에 했던 것처럼 얌전하게 선생님 말씀을 잘 들으라고만 했을 뿐이다. 엄마는 니꼴라가 악어 입으로 반쯤 먹혀 들어가는 걸 보면서도 〈재밌게 놀거라. 얌전히 굴고, 옷 따뜻하게 입는 거 명심하고〉라고 말했을 거라고 생각하자 니꼴라는 씁쓸한 기분이 들었다. 따뜻하게 옷 입는 것 가지고 엄마가 말할 형편은 아니었다. 그래서 엄마는 자신이 손수 짜준, 순록 무늬가 있는 품이 낙낙한 스웨터를 꼭 입으라는 말이 불쑥 튀어나오지 않도록 조심하고 있었다.

아침 식사가 끝난 테이블을 치우고 있는 식당으로 선생님과 함께 내려오면서 니꼴라는 풀리지 않는 의문점을 곰곰이 생각해 보았다. 여행 가방이 아버지 차 트렁크에 있는 건 확실했다. 그는 스노 체인과 아버지 견본 가방 사이에 있는 여행 가방을 분명히 보았다. 아버지가 트렁크를 열면서 가방을 보지 못했을 리도 없었다. 아버지가 어제 저녁, 늦어도 오늘 아침에는 손님을 만나러 가기 위해 트렁크를 열었을 텐데. 그렇다면 왜 연락을 안 하시는 걸까? 이 때문에 니꼴라가 얼마나 난처한 상황에 있는지 잘 아실 텐데, 왜 오시지 않는 걸까? 산장 전화 번호를 잃어버리셨나? 아니면 트렁크 열쇠를? 누가 열쇠를 훔쳐 간 건 아닐까? 혹 자동차를 도난당하신 건가? 이것도 아니라면 사고가 난 건 아닐까? 갑자기 지금까지는 한번도 생각해 보지 않았던 이 가정이 제일 그럴듯한 것 같았다. 아버지 생각이 이토록 절실하게 나려면 아버지가 산장으로 오기도, 전화를 걸기도 불가능한 처지가 되어야 하는 모양이었다. 차가 빙판에 미끄러져서 나무를 들이받고 아버지는 운전대에 가슴팍이 쑤셔 박힌 채로 사경을 헤매고 있는지도 몰랐다. 죽기 직전 마지막으로 잠시 의식이 남아 있는 동안 그는 구조대가 알아듣지 못할 몇 마디를 중얼거렸을 것이다. 틀림없이 〈니꼴라 가방! 니꼴라에게 가방을 갖다 줘요〉라고.
  이런 생각을 하자 니꼴라는 금방이라도 눈물이 주르륵 쏟아질 것 같았다. 그는 이루 말할 수 없는 감미로움을 느꼈다. 물론 이런 일이 일어나길 바라는 건 아니었다. 하지만 그러면서도 다른 사람들이 볼 때 비극의 주인공인, 고아 역할을 맡아 보고 싶다는 생각이 들었다. 모두가 그를 위로하려 들 것이다. 오드칸도. 그러나 그를 위로할 길이 없을 것이다. 니꼴라는 선생님도 자신과 같은 생각을 하지 않았는지, 한 가닥 희망이 남아 있는 한 아직은 그에게 불안감을 감추려고 애쓰고 있는 건 아닌지 생각해 보았다. 그렇지 않은 게 분명했다. 적어도 아직은 아닌 것 같다. 니꼴라는 전화가 다시 울리는 장면을 상상했다. 선생님은 별 걱정 없이 뛰어 올라가 수화기를 집어 들 것이고, 아이들은 홀에서 소란을 피우며 시끄럽게 놀고 있을 것이다. 니꼴라만이 마음을 졸이며 선생님이 돌아오기를 기다리고 있을 것이다. 드디어 선생님이 돌아온다. 얼굴은 창백하고 굳어 있다. 아이들은 여전히 소란스럽지만, 선생님은 조용히 하라는 주의조차 주지 않는다. 그녀는 아무것도 보지도 듣지도 못하는 것 같다. 니꼴라만 보고 다가와 손을 잡고 사무실로 조용히 데리고 간다. 문을 닫자 아래층에서 들리던 소리가 갑자기 멎는다. 그녀는 두 손바닥을 니꼴라의 뺨에 밀착시키고 부드럽게 그의 얼굴을 감싼다. 선생님의 입술이 떨리기 시작하더니, 드디어 겨우 말문이 열린다. 〈잘 들어라, 니꼴라. 이제, 너 아주 용감해져야 한다……〉

이때 그들이 울음을 터뜨린다, 니꼴라는 그녀의 팔에 안긴 채. 포근했다. 믿어지지 않을 만큼 포근했다. 이 순간이 그가 살아 있는 동안 지속됐으면, 이것말고 다른 어떤 것도 없이, 다른 향기, 다른 말도 없이, 오로지 〈니꼴라, 니꼴라〉 하고 감미롭게 계속 들려 오는 그의 이름만 있었으면.

10

 선생님과 스키 캠프 교사들은 니꼴라 문제를 어떻게 처리할지 의논하기 위해 출발하기 전 다시 커피를 끓였다. 니꼴라는 다른 아이들에게서 멀찍이 떨어져 어른들과 함께 있었다. 그야말로 완전히 골칫거리로 전락해 버린 것처럼.
 파트릭이 말했다.
「자, 이 문제를 너무 오래 끌지 맙시다. 보아하니 니꼴라 아버지가 가방을 완전히 잊어버린 것 같아요. 벌써 이곳에서 2백 킬로미터나 멀어져 버렸어요. 그러니 니꼴라 아버지가 돌아오기를 기다린다면 이 녀석의 스키 캠프는 물론이고 결국 모든 사람들의 스키 캠프를 망치게 될 거예요. 이건 제 생각인데, 조합 기금으로 니꼴라에게 꼭 필요한 준비물 몇 가지만 마련해 줘서 다른 아이들과 똑같이 캠프 생활을 할 수 있게 하는 게 어떨까요?」

그러고는 니꼴라 쪽으로 돌아보며, 〈이 녀석, 그럼 됐지?〉라고 덧붙였다. 괜찮은 생각이었다. 선생님도 찬성했다.

　점심 식사가 끝나고 아이들이 책을 읽거나 쉴 수 있는 자유 시간에 파트릭은 니꼴라와 함께 산장을 나왔다. 날씨는 따뜻했고 햇살이 벌거벗은 나뭇가지 사이로 빛나고 있었다. 산장 앞의 진흙탕 공터 위에 다른 차가 세워져 있는 게 보이지 않았기 때문에, 니꼴라는, 마을까지 전세 버스로 가겠구나, 하고 생각하며 운전사가 두 사람만 태우고 운전하는 기분도 묘하겠다고 상상했다. 그런데 파트릭은 서 있는 모양새가 마치 힘 빠진 용 같아 보이는 전세 버스를 그냥 지나쳐, 산장으로 나 있는 좁은 길을 따라 1백여 미터쯤 걸어갔다. 길에서 약간 들어간 곳에, 니꼴라가 산장으로 가는 길에 미처 보지 못한, 노란색 르노 4L 소형차 한 대가 세워져 있었다. 파트릭은 운전석 쪽 문을 열고, 〈자, 이게 바로 왕실 전용 마차야〉 하며 운전석에 앉았다. 그리고 목에서 자동차 키가 매달려 있는 긴 가죽끈을 슬며시 뺐다. 니꼴라는 뒷좌석에 타고 싶었다. 그런데 파트릭이 앞좌석의 다른 쪽 문을 열기 위해 몸을 기울였다.

「어, 어라?」

　파트릭이 갑자기 웃음을 터뜨렸다.

「난 네 운전 기사가 아니야!」

　니꼴라는 망설였다. 늘 자동차의 앞좌석에는 절대 못 타게 되어 있었기 때문이다.

「자, 이제 잽싸게 타라.」

니꼴라는 순순히 앞좌석에 탔다.

「어찌 됐든 뒷좌석은 완전히 난장판이야.」

파트릭이 덧붙였다.

니꼴라는, 마치 너덜너덜한 체크 무늬 담요 밑에 숨어 있던 커다란 개 한 마리가 달려들어 목이라도 꽉 물지 않을까 두려워하고 있는 것처럼, 조심스럽게 의자 너머로 넘겨다보았다. 배낭 하나와 누런 종이들, 카세트 테이프가 들어 있는 가방, 둘둘 말려 있는 로프 그리고 등반용 장비로 보이는 금속성 물건들이 눈에 띄었다.

「그래도 안전 벨트는 매야지?」

파트릭이 시동을 걸면서 말했다. 엔진이 풀풀거렸다. 파트릭은 다시 한번 시도를 했다. 끈질기게. 그러나 실패. 니꼴라는 파트릭이 화를 내지 않을까 하고 걱정하였지만, 그는 도리어 우스꽝스럽게 보일 정도로 인상을 찡그리기만 했다. 그리고 니꼴라 쪽을 돌아다보며 말했다.

「서두르지 말고. 우리 애인이 원래 이래. 그러니까 뭘 부탁할 때는 사근사근해야 하지.」

파트릭이 다시 시동을 걸었다. 가속 페달을 아주 가볍게 밟고 나서는 다른 쪽 발을 들며 혼잣말을 했다.

「그래 그래. 잘했다, 이 녀석.」

차가 출발해 구불구불하게 뚫린 좁은 길을 내려오기 시작하자 니꼴라는 흥분으로 웃음이 터져 나오는 걸 참을 수 없었다.

「너 음악 좋아하니?」

파트릭이 물었다.

니꼴라는 뭐라고 대답해야 할지 몰랐다. 한번도 생각해 본 적이 없었기 때문이다. 집에서는 식구들이 음악을 전혀 듣지 않았다. 게다가 집에는 전축도 없었다. 그리고 학교에서는 모든 아이들이 음악 시간을 지긋지긋하게 생각하고 있었다. 음악 선생님인 리보톤은 아이들에게 음 받아쓰기를 시켰다. 즉 선생님이 피아노의 건반을 치면 아이들이 이 음을 특별한 노트의 5선 위에 그려야 하는 것이었다. 니꼴라는 제대로 받아써 본 적이 한번도 없었다. 니꼴라는 이것보다는 리보톤 선생님이 위대한 음악가들의 생애에 대해 받아쓰기를 시키는 시간이 더 좋았다. 그래도 이때는 단어를, 적어도 그가 그리는 흉내라도 낼 줄 아는 글자를 받아쓰는 게 아닌가. 리보톤 선생은 머리가 유난히 큰, 땅딸막한 사람이었다. 학교에서 전해지는 유명한 일화에 따르면, 리보톤 선생이 화가 머리끝까지 치솟아 의자를 한 학생의 얼굴에 내던졌다고 하는데, 학생들은 이렇게 리보톤 선생이 불같이 화를 내는 것을 무서워하면서도 한편으로는 선생님을 좀 우스꽝스럽다고 생각하고 있었다. 다른 선생님들도 리보톤 선생님을 그리 인정해 주는 편이 아니었다. 따지고 보면, 사실 아무도 인정해 주지 않았지만. 그의 아들인 맥심은 선생님처럼 키가 작고 비실비실한 아이로, 니꼴라와 같은 반에 있었다. 니꼴라는, 커서 형사가 되겠다고 하는 이 엉큼하고 땀을 뻘뻘 흘리는 지진아에 대해 조금도 호감을 가지고 있지 않았다. 하지만 이 아이를 생각만 해도 왠지 모를 가슴 아픈 연민의 정이 느껴졌다. 어느 날 교실 맨 앞줄에 앉은 남자 아이 한 명이 교단 위로 발을 뻗었다가, 그만 실수로 선생님의 바지 아랫단에 신발 밑창이 닿아 바지를 더럽힌 적이 있었는데, 그때 선생님은 정말 끔찍이도 화를 내었다. 선생님이 이렇게 화를 낸다고 해서 아무도 겁을 먹지도, 그렇다고 선생님에 대한 존경심이 생기는 것도 아니었다. 차라리 비웃음이 섞인 애처로운 마음만 들 뿐이었다. 분을 가눌 길이 없는 듯, 불평을 늘어놓으며 펄펄 뛰면서, 선생님은 어렵게 산 양복바지를 학교에 와서 더럽히는 데 이제 진저리가 난다고, 모든 게 하나같이 비싼데 월급은 쥐꼬리만큼밖에 안 된다고 아이들에게 말했다. 또 자기 바지를 더럽힌 아이의 부모가 매일 세탁소에 바지를 맡길 만한 여유가 있는 사람들이라면 그 사람들이야 다행이겠지만, 자신은 그럴 형편이 못 된다고 말했다. 이런 말을 하는 선생님의 목소리가 몹시 떨렸다. 마치 선생님은 금방이라도 울음을 터뜨릴 것 같아 보였다. 자기 친구들 앞에서, 남의 시선은 전혀 의식하지 않고 이 지경이 될 정도로 삶이 자신을 저버렸다며 그동안 맺혔던 응어리를 풀어놓고 있는, 자초해서 창피를 당하고 있는 아버지의 모습을 지켜보고 있어야만 하는 맥심. 차마 그 맥심 쪽으로 시선을 돌릴 엄두도 내지 못한 채, 니꼴라는 그를 생각하면 덩달아 울고 싶어졌다. 그런데 잠시 후 쉬는 시간에 맥심이 좀 전의 일을 아무렇지도 않은 듯 농담조로 언급하면서, 아버지가 화가 나서 무섭게 말해도 걱정할 필요 없다며, 〈금방 진정되거든〉 하고 말하는 데 크게 놀랐다. 니꼴라는 이런 일이 있고 나면 맥심이 아무 말도 없이 교실을 빠져 나가 다시는 학교에 나타나지 않을 것으로 생각했었다. 그리고 얼마 지나 맥심이 아프다는 소식이 들릴 것이고, 착한 아이들 몇몇이 맥심의 병문안을 간다. 자신의 장난감 중에서 맥심의 마음을 상하게 하지 않으면서도 선물이 될 만한 것을 골라 이 아이들에 섞여 같이 병문안을 가는 모습을 상상해 보았다. 그러고는 고마워하는 맥심의 눈빛을, 고열로 상해 버린, 바싹 여윈 그의 얼굴과 몸을 그려 보았다. 하지만 이런 선물과 우정 어린 위로의 말은 아무 소용이 없을 것이다. 어느 날 아이들은 맥심이 죽었다는 사실을 알게 될 것이고, 그 마음씨 착한 몇몇 아이들은 장례식에 갈 것이다. 이번에는 아이들이 고통에서 헤어나지 못하는 맥심의 아버지에게 못되게 굴지 않고 잘 대해 주겠다고 다짐할 것이다. 리보톤 선생님 앞에서 아이들은 더 이상 소란을 떨지 않고, 선생님이 우러나오는 존경심으로 얘기해 주는 위대한 음악가들의 이름을 더 이상, 슈베르트 ─ 샤베트, 슈만 ─ 풍만이라는 식으로, 우스꽝스러운 운을 맞춰 맞받아 치지도 않는다.

이런 이름들말고는 니꼴라는 음악에 대해 아는 게 전혀 없었다. 하지만 솔직히 그렇다고 말하기보다 그냥 〈네〉라고, 음악을 좋아한다고 슬쩍 대답하는 편을 택했다. 이렇게 대답하고 난 니꼴라는 벌써 그 뒤에 따라올 질문을 걱정하고 있었다.

「어떤 음악을 좋아하니?」

「음, 슈만…….」

니꼴라는 생각나는 대로 대답했다.

파트릭은 한편으로는 대단해 하면서도 또 한편으로는 비웃는 기색이 역력한 듯 입을 삐죽 내밀면서, 그런 음악 말고 대중 가요가 있다고 말했다. 그러고는 니꼴라에게 마음에 드는 테이프를 하나 고르라고 말했다. 니꼴라가 뒷좌석에 있는 작은 가방을 집어 제목을 읽어 주기만 하라고. 니꼴라는 그렇게 했다. 그는 영어 단어를 읽어 내느라 애를 먹었는데, 파트릭은 니꼴라가 어물쩍 몇 음절 웅얼거리면 나머지를 마저 읽어 주었다. 세 번째 테이프가 됐을 때, 〈그래, 이걸로 하자〉고 말했다. 파트릭이 카세트 플레이어에 테이프를 넣자 노래가 중간 부분에서 시작해 흘러 나왔다. 목소리는 잔뜩 쉰 데다 비웃음이 가득하고, 기타는 마치 채찍을 후려치듯 몸부림치고 있었다. 때문에 너무 야만스럽다는 인상을 주기도 했지만 동시에 부드럽게 싸고도는, 마치 맹수가 즐기는 한때의 편안한 휴식처럼 들리기도 했다. 텔레비전에서 이런 음악이 나왔더라면 니꼴라의 부모님은 아마 못마땅해서 볼륨을 낮추었을 것이다. 니꼴라도, 평상시 같았더라면, 이런 음악이 어떠냐고 물어 보았을 때 마음에 들지 않는다고 했을 것이다. 그러나 이날 니꼴라는 음악에 취해 버렸다. 옆자리에 앉은 파트릭은 박자를 맞추기 위해 연신 운전대를 탁탁 두드리고 리듬에 맞춰 몸을 흔들었다. 그리고 때로는 가수를 따라 콧노래를 부르기도 했다. 어떤 때는 가수와 동시에 날카로운 신음소리를 나지막이 뱉었다. 자동차는 음악과 한 몸이 된 듯 움직였다. 음악이 빨라질 땐 자동차도 속도를 냈고, 음악이 느려질 땐 완만하게 커브를 돌았다. 모든 것이 완벽하게 하나가 되어 요동쳤다. 도로를 벗어날 듯한 타이어, 도로의 커브, 속도의 변화, 특히 입술에 미소를 머금고 앞유리를 때리는 햇살에 눈을 찡그린 채 운전하는 파트릭의 부드럽게 일렁이는 몸이. 니꼴라는 이처럼 아름다운 노래를 들어 본 적이 없었다. 니꼴라의 몸 전체가 노래 속으로 녹아 들었다. 그는 자신이 살아 있는 내내 지금 같으면 좋겠다고 생각했다. 이런 음악을 들으며 자동차의 앞좌석에 앉아 여행하고, 커서 파트릭처럼 되었으면 하고, 이렇게 능숙하게 운전하면서 편안한 여유를 갖는 사람, 그리고 몸의 움직임을 이처럼 마음가는 대로 할 수 있는 사람이 됐으면 하고…….

11

「자, 이제부터는 진지해져야 한다. 우리가 필요한 게 뭐더라?」

파트릭이 슈퍼마켓의 출입문을 밀면서 말했다.

니꼴라는 그제야 지금까지 자동차로 오는 동안 몽롱했던 상태에서 벗어나, 이곳에 온 목적이 무엇인지, 가방은 아버지 차 트렁크에 그대로 들어 있다는 사실이, 그리고 아버지가 돌아가신 게 분명하다는 생각이 났다.

「네 가방 안에 뭐가 들어 있었는지 생각나니?」

파트릭이 물었다.

「어……, 갈아입을 옷하고…….」

질문을 받고 당황한 니꼴라가 대답했다. 모든 아이들에게 같은 준비물을 가져 오라고 했고 학부모들에게 준비물 목록까지 나눠 줬으니, 가방 안에 무엇이 들었는지는 파트릭도 분명 아는 사실이 아닌가. 물론 아이들 각자가 꼭 가져 오고 싶은 물건 한두 가지, 책 한 권, 단체 오락 게임 세트 정도는 가져 와도 되었다. 그리고 니꼴라의 경우는 침대에 실례를 할 경우를 대비해 선생님이 가져 오도록 한 방수 커버가 하나 더 들어 있었다. 그러나 니꼴라는 파트릭에게 이 얘기를 할 용기가 없었다.

「그것말고도 금고가 들어 있었어요.」

곰곰이 생각한 니꼴라가 말했다.

「금고?」

놀란 파트릭이 물었다.

「예. 제가 선물받은, 비밀 물건을 넣어 두는 작은 금고예요. 이 금고를 열기 위해서는 비밀 번호를 알아야 하는데, 그걸 알고 있는 사람은 저밖에 없어요.」

「만약 네가 비밀 번호를 잊어버리면 어떻게 되지?」

「그럼 열 수가 없죠. 아무도 열 수가 없어요. 하지만 전 그걸 외우고 있어요.」

「그래? 그런데 만약 네가 머리를 세게 한 대 얻어맞아 기억력을 상실하면, 그땐 어떡하지? 어디 다른 데다 비밀 번호를 적어 놓기라도 했니?」

「아뇨. 그러면 안 되죠. 어찌 됐든 기억력을 상실하면 결국 제가 어디다 그걸 적어 놨는지도 생각이 안 날 텐데요.」

「그래, 맞다. 너 아주 영리하구나, 이 녀석.」

파트릭이 수긍했다.

니꼴라는 이 비밀 금고에 사실은 약간의 문제가 있다는

것을 파트릭에게 말할까 말까 주저하였다. 아버지가 전에 비밀 금고를 니꼴라에게 줄 때 비밀 번호가 적힌 쪽지가 들어 있는 봉투도 같이 줬었다. 그리고 번호를 외운 다음에 그걸 없애 버리라고 해서 아버지가 시키는 대로 했었다. 그러자 이내, 봉투를 건네주기 전에 아버지가 그걸 열어 보고 나서 교묘하게 다시 봉한 다음 니꼴라에게 준 게 아닌가, 그러니까 아버지가 금고를 열 수 있는 게 아닌가, 하는 생각이 들었다. 가끔 아버지가 금고를 열어 니꼴라가 이 안에 무엇을 감추는지 살펴보고 있는지도 몰랐다. 어쩌면 아버지는 이런 목적으로 니꼴라에게 금고를 선물했는지도 몰랐다. 그것이 확실하지는 않았지만, 어쨌든 니꼴라는 경계를 늦추지 않았고, 주유소 상품권 이외에 더 비밀스러운 것은 금고 안에 넣어 두지도 않았다. 만약 아버지가 금고를 열어 보았더라면 진짜 실망했을 것이다. 그런데 아무래도 아버지가 돌아가신 것 같았다. 하지만 확실한 사실이 아니기 때문에 파트릭에게 말하고 싶은 것을 겨우 참았다. 그러고는 애써 초연한 어조로 이렇게 말했다.

「알고 싶으시면 비밀 번호를 얘기해 드릴 수도 있는데…….」

「아니. 넌 내가 어떤 사람인지 모르잖니. 어쩌면 네가 그걸 말하는 즉시 내가 네 머리를 내려치고는 비밀을 다 훔쳐 낼지도 모르고.」

파트릭이 머리를 가로 저으면서 말했다.

「어쨌든 그게 아빠 차에 다 있는걸요.」

「별로 알고 싶지 않단다. 나와는 상관없는 것들이야. 비밀 번호든, 아니면 네 금고 속에 들어 있는 것이든.」

파트릭이 웃으면서 니꼴라에게 권총을 겨누는 척하였다.

「네 금고 속에 뭐가 들어 있지?」

「뭐, 별로 재미있는 것도 없어요.」

니꼴라가 불만 섞인 목소리로 대답했다.

아동복 코너에서 파트릭은 두툼한 모직 남방과 방수가 되는 스키용 바지를 집었다. 파트릭이 팬티 두 장, 티셔츠 두 장, 두꺼운 양말 두 켤레, 방한모와 칫솔 한 개를 넣어 나머지 준비물을 챙기는 동안, 니꼴라는 탈의실에서 옷을 입어 보았다. 바지가 통은 맞는데 기장이 너무 길었다. 파트릭이 재빨리 바지를 접어 올리더니 이렇게 입으면 되겠다며, 나중에 엄마가 원하면 바짓단을 접어 감침질해 주면 되겠다고 말했다. 니꼴라는 두 가지 스타일, 두 가지 색상, 두 가지 치수 중 어떤 한 가지를 골랐을 때 부모님이 또 어떤 걱정을 할까 하고 이맛살을 찌푸려 가며 몇 시간씩 망설이지 않고 이렇게 쇼핑을 하는 게 너무나 마음에 들었다. 니꼴라는 파트릭처럼 녹색과 연보라색으로 된 운동복도 사고 싶었지만 차마 이런 얘기를 꺼내지는 못했다.

돈을 내면서 파트릭은 계산대 여점원과 몇 마디 얘기를 나누었다. 이 여자는 젊고, 생글생글 잘 웃었는데, 한눈에 봐도 여점원이 파트릭을 마음에 들어 한다는 사실을 알 수 있었다. 그리고 그의 말총 머리와 푸른 눈에 갸름한 얼굴, 거리낌없이 행동하며 농담하는 품에 호감을 갖고 있음을 알 수 있었다.

「이 꼬마 신사분, 당신 건가요?」

니꼴라를 가리키며 그녀가 파트릭에게 물었다. 파트릭은 그렇지는 않지만 만약 내일까지 임자가 나서지 않는다면 자기가 갖고 싶다고 대답했다.

「우리 두 사람 마음이 썩 잘 통하거든요.」

파트릭이 말했다. 니꼴라는 자랑스럽게 이 말을 되뇌었다. 그는 별로 대수롭지 않다는 얼굴을 하고 다른 사람들에게 파트릭하고 마음이 썩 잘 통하는 편이라고 얘기해 주고 싶었다. 니꼴라는 손목에 묶여 있는, 파트릭이 준 팔찌를 쳐다보았다. 그리고 자라서 부모님이 더 이상 간섭하지 않게 될 때 말총 머리를 길러야지 하고 다짐한다.

파트릭은 차 안에서 다시 음악을 튼 다음, 리듬에 맞춰 몸을 흔들면서 운전을 하다가 가슴에 새겨질 말을 한마디 한다.

「자, 이제 우리가 아랍의 왕세자가 된 기분이 들지 않니?」

니꼴라는 시간이 조금 지나서야 이 말이 무슨 뜻인지 이해할 수 있었다. 그러니까 모든 일이 잘 풀리고 있고, 두 사람이 서로 마음도 맞고, 정말 아무 걱정할 필요가 없다는 뜻이었다. 이 말의 뜻을 알게 되었을 때, 니꼴라는 그것이 마치 두 사람 사이에만 은밀하게 사용되는 무슨 암호라도 되는 것처럼 기분좋은 흥분을 느꼈다. 니꼴라는 혹시 자신이 말할 때 가느다란 고음이 지나치게 튀어나와 옹졸

함을 드러내게 되지는 않을까 염려하였다. 하지만 곧 이런 두려움을 떨쳐 버리고 그런 것은 전혀 개의치 않는다는 듯 말할 수 있었다.
 「그래, 맞아요. 우리는 아랍의 왕세자들이죠.」

12

 간식 시간이 끝난 후 노는 시간이었다. 아이들은 직업 흉내내기, 수건 돌리기, 연극 등을 하며 놀았다. 그런데 이 날 파트릭이 색다른 것을 하겠다고 말했다.
「뭔데요?」
 아이들이 묻자, 파트릭이 대답했다.
「해보면 안다.」
 파트릭의 지시에 따라 몇몇 아이들이 테이블과 긴 의자, 그리고 그 방에 있던 거치적거릴 만한 물건을 모두 벽 쪽으로 밀어붙였다. 파트릭이 불을 껐다. 하지만 홀의 불은 그대로 켜놓아서 아이들은 그나마 볼 수 있었다. 이런 이상한 준비 과정이 아이들을 흥분시켰다. 집기를 옮기면서 아이들은 키득키득 숨을 죽여 가며 웃기도 했고, 무엇을 하게 될지 가정을 해보기도 했다. 〈아마 귀신 놀이를 하거

나 테이블을 돌리면서 영혼을 불러오는 놀이를 할 거야.〉

파트릭이 손뼉을 탁탁 치더니 조용히 하라고 말했다.

「자 이제 바닥에 드러누워라, 등을 대고.」

파트릭이 말했다.

아이들 모두가 시키는 대로 하는 동안에도 여기저기서 웃음소리가 새어 나오며, 여전히 약간은 어수선한 분위기였다. 파트릭 혼자 서서 인내심을 가지고 아이들이 모두 제자리를 잡을 때까지 기다렸다. 차분한 목소리로, 서두르지 않고, 파트릭은 아이들이 가장 편안한 자세를 취할 수 있도록 몇 가지 지시를 하였다. 우선 기지개를 켜고 될 수 있으면 상체를 일으켜 세우지 말고, 등 전체를 바닥에 밀착시키라고 했다. 그런 다음 손바닥을 하늘로 향하게 하고, 눈을 감게 했다.

「눈을 감는다……」

마치 자기 자신이 눈을 감고 잠들 준비가 되어 있는 듯이, 마치 꿈을 꾸는 듯 말하였다. 그러고는 아무 말도 하지 않았다. 한동안 침묵이 흘렀으나 더 이상 참지 못하겠다는 듯, 〈도대체 지금 뭐 하는 거예요?〉라며 궁금해 하는 목소리 때문에 정적이 깨지고 말았다.

「너 지금 뭐 하는지 모르냐? 선생님이 우리에게 최면을 걸고 있잖아!」

어떤 아이가 대답하였다. 몇몇 아이가 이 재치 있는 대답을 듣고 술렁거리며 웃었지만, 파트릭은 응수하지 않았다. 잠시 후, 파트릭은 마치 처음에 나온 질문만 들은 것처럼 말을 이었다.

「아무것도 하지 않는다. 사람들은 쉴새없이 무슨 일을 하고 또 뭔가를 생각하고 있지만, 지금 우리는 아무것도 하지 않는 거야. 아무것도 생각하지 않으려고 노력해 보자. 단지 우리가 여기에 있다는 사실, 그거면 됐어.」

그의 목소리가 점점 차분해지며 꿈을 꾸는 듯한 소리로 들렸다. 그는 방안에 누워 있는 아이들 사이로 천천히 걸어다녔다. 니꼴라는 파트릭이 자신의 옆을 지나가고 있다는 사실을 소리로 알았다기보다 차라리 몸으로 느꼈다. 니꼴라는 눈을 가늘게 떴다가 들킬까 봐 걱정이 되어 금방 다시 감았다.

「천천히 숨을 쉬어 봐라.」

파트릭이 말했다.

「배로 호흡을 하는 거야. 공처럼 배를 부풀렸다가 꺼지게 하는 거야. 자, 부드럽게, 그리고 깊게……」

「숨을 들이쉬고 내쉬고.」

그는 여러 번 반복해서 말했다. 니꼴라는 주위에 있는 다른 아이들이 파트릭이 시키는 대로 하면서 그의 리듬을 완전히 따라가고 있음을 느낄 수 있었다. 니꼴라는 절대 그렇게 못 할 것 같다고 느꼈다. 건강 검진을 할 때, 공 안으로 숨을 내뿜어 보면 항상 니꼴라의 폐활량이 가장 적게 나왔다. 마치 가슴에 나사가 조여져 있어 공기의 흐름을 막고 있는 것처럼 느껴졌다. 니꼴라는 항상 다른 아이들보다 숨을 들이마시고 내뿜는 속도가 빨랐다. 마치 물에 빠진 사람처럼 헐떡이며 숨을 짧게 몰아쉬었다. 파트릭은 이상하게 점점 멀어지는 듯하면서도 동시에 점점 가까이 다가오는 듯한 목소리로 계속해서 말했다.

「자, 네가 숨을 들이쉬고 내쉬고 하면서……」

이제 파트릭이 이렇게 말했다. 어떻게 그렇게 됐는지는 모르겠지만 니꼴라는 갑자기 호흡을 맞추게 되었다. 자신의 주변에서 한껏 팽창되었다 다시 빠지는, 그를 감싸는 이 흐름과 하나가 되었다. 니꼴라는 다른 아이들의 숨소리를 들었다. 자신의 숨소리도 이들 속으로 섞여 들어가고 있었다. 니꼴라의 배가 파트릭의 말에 따라 부드럽게 올라왔다 다시 내려가는 동작을 하고 있었다. 배에 빈 공간을 만들어 놓으면 마치 파도가 몰려와 바위의 움푹 패인 곳을 채우듯 들숨이 이곳을 가득 채웠다.

「좋아.」

파트릭이 한참 지난 후 말했다.

「자, 이제는 너희들의 혀를 한번 생각해 보자.」

방안 어디에선가 작은 웃음소리가 들려 왔지만 이내 잦아졌다. 니꼴라는 순간 모든 사람이 웃었더라면 자신도 따라 웃었을 거라고 생각하면서, 혀를 생각해 보는 것이 바보 같다고 느꼈다. 하지만 동작을 따라 했다. 파트릭이 시킨 대로 지금 입천장과 닿아 있는 자기 혀를 생각해 보았다. 그러자 혀의 무게, 단단한 정도, 혀 표면의 조직이 느껴졌다. 어떤 부분은 맨드롬하고 축축한 느낌이 드는가 하면 또 어떤 데는 까끌까끌하게 느껴졌다. 갈수록 이상한 느낌이었다. 혀가 이제는 입 속에서 아주 엄청나게 커져 마치 거대한 해면이 되어 자기를 질식시킬 것 같은 두려움이 엄습했다. 그런데 이렇게 무서운 생각이 드는 바로 그 순간 파트릭이, 〈여러분 혀가 너무 커져서 불편하게 느껴지면 침만 삼켜 버리면 돼요〉라고 말해, 그런 두려움을 가시게 해주었다. 니꼴라가 침을 삼키자 그제야 비로소 혀가 제 크기로 돌아온 것 같았다. 그런데 니꼴라는 이 혀가 있다는 사실을 이제 막 알게 된 것처럼 이상하게 혀의 존재가 계속 의식되었다. 이번에는 파트릭이 코에 대해 생각해 보라고 했다. 콧구멍에서 공기의 움직임을 따라가 보라고. 그런 다음 눈꺼풀 뒤, 눈썹 사이, 또 목 뒷덜미에 주의를 기울여 보라고 했다. 여기를 지나 이번에는 팔로 옮아가서 손가락부터 시작해 손가락 하나하나씩 근육의 긴장을 풀어 주라고 하였다. 그 다음에는 팔꿈치, 어깨 차례였다.

「너희들 팔이 무겁다. 아주 무겁다. 얼마나 무거운지 바닥으로 완전히 가라앉는다. 너희들이 하고 싶어도 팔을 들어올릴 수가 없을 거야.」

파트릭이 말했다. 니꼴라는 정말 그렇게 할 수 없는 것처럼 느꼈다. 그는 마치 물이 흥건히 고여 있듯이 바닥에 축 늘어져 퍼져 있다. 생각 속에서는 무기력하게 늘어진 자신의 몸 위로 불쑥 솟아 있다고 느끼지만, 실제로는 땅 밑 깊숙이 기반 공사를 한 집에서처럼 이 몸 안에 살고 있는 것이다. 그가 사지 곳곳으로 뚫려 있는 통로를 따라 어스름하고 후끈한, 무엇보다도 후끈하게 느껴지는 방문을 밀치고 다니고 있었다. 이제 후텁지근한 느낌이 다른 어떤 느낌보다 강하게 느껴졌다. 니꼴라는, 파트릭이 이 후텁지근한 느낌이 어떤 것인지 묘사하면서 이 느낌을 자연스럽게 받아들여 음미하라고, 혈관 속을 흘러 피부 표면으로 솟아오르면서 따끔따끔한 느낌을 주기 때문에 긁고 싶어지지만 그래도 참는 게 나은, 이런 강렬하면서도 부드러운 열기에 몸을 맡겨 보라고 얘기하는 것을 듣고 별반 놀라지 않았다.

「그런데 너희들이 정 못 참겠으면 긁어도 좋아.」

파트릭은 어떻게 이걸 알았을까? 도대체 어떻게 니꼴라가 느끼는 이런 엄청난 느낌을 그대로 집어 낼 수 있을까? 그것도 바로 니꼴라가 느끼는 바로 그 순간에? 다른 아이들도 마찬가지일까? 이제 더 이상 아이들의 웃음소리는 들리지 않고, 대신 파트릭이 시키는 대로 따라오는 조용한 숨소리만 들릴 뿐이었다. 니꼴라처럼 모든 아이들이 바로 그들 내부에서 펼쳐지는 이 신비한 세상을 만나고 있었다. 모든 아이들이 안내자를 똑같이 믿고 따르고 있었다. 파트릭이 말하는 동안, 아이들에게 어디로 가라고 이야기하는 동안은 —— 이제 다리로 갈 차례였다. 그러고는 발가락으로, 발가락 하나하나씩, 또 장딴지, 무릎, 그러고는 허벅지로 —— 아무 일도 일어날 수 없을 것이다. 그들은 몸 안 깊숙한 곳에서 안전하게 있는 것이다. 이런 시간이 계속되었다. 도대체 언제부터 지속되고 있었던 걸까?

갑자기 니꼴라는 파트릭이 자기 위로 몸을 구부리고 있는 것을 느꼈다. 무릎이 꺾이며 뚝 소리를 냈다. 파트릭이 무릎을 꿇고 앉아서는, 손을 니꼴라의 가슴 윗부분, 어깨 바로 아래에 아주 평평하게 놓았다. 니꼴라의 가슴은 콩닥콩닥 뛰기 시작하였다. 그리고 잠시 차분해졌던 호흡도 다시 급속도로 빨라지고 있었다. 니꼴라는 차마 눈을 떠 자신의 위에 있는 파트릭의 눈을 마주볼 용기를 내지 못하고 있었다. 부드럽게, 파트릭이 마치 무서움을 타는 동물을 어르듯이 〈츠츠츠츠〉 소리를 냈다. 그의 손바닥이 좀더 힘을 주어 니꼴라의 가슴을 눌렀다. 그리고 손가락 끝을 어깨 쪽으로 뻗어 니꼴라의 어깨가 바닥에 조금 더 닿도록, 바닥에 훨씬 가깝게 밀착되도록 하였다. 니꼴라는 숨을 헐떡거리고 있는 듯한 느낌이 들었다. 자기 안에서 사방으로 뛰어다니다 벽에 부딪히는 느낌을 가졌다. 하지만 또한 이런 모든 것이 밖으로는 드러나지 않을 것이라는 것도 알고 있었다. 니꼴라가 생각하기에 파트릭의 이런 노력이 몸의 긴장을 더 풀어 주기 위한 것임에도 불구하고, 그의 몸은 미동도 하지 않고 굳어 있었다. 니꼴라는 자신 위에서 파트릭이 아주 차분하게 내쉬는 숨소리를 들었다. 니꼴라는 셸 주유소에서 주는 해부 모형 인형을 생각했다. 그리고 내부를 자세히 들여다볼 수 있도록 열리게 되어 있는, 인형의 가슴 부분에 있는 뚜껑을 생각했다. 파트릭은 이 뚜껑을 눌렀다. 그리고 그 아래에 들어 있는 것을 하나하나 살펴보고 길을 들이고 싶어했다. 하지만 이곳은 완전히 엉망이었다. 이 안을 들여다보면 니꼴라의 장기가 모두 화들짝 놀라 이 단단하고 따뜻한 손의 촉감이 닿는 벽으로부터 가능한 한 멀리

달아나려 한다고 생각했을 것이다. 그런데도 니꼴라는 이 손이 그대로 있어 주었으면 하고 바랐다. 니꼴라는, 이 손이 누르는 힘이 점차 약해지면서 서서히 가슴에서 멀어질 때, 신음소리가 새어 나오려 하는 것을 참느라 무진장 애를 썼다. 파트릭의 숨소리가 멀어지고, 그가 몸을 일으키면서 무릎이 또 한번 뚝 소리를 냈다. 니꼴라는 파트릭이 이번에는 다른 아이 위에서 몸을 기울이고 이런 동작을 반복하는 것을 보기 위해 실눈을 뜨고 머리를 약간 돌렸다. 니꼴라는 다시 눈을 감았다. 몸 전체로 갑자기 오한이 오는 게 느껴졌다. 아버지가 금고에서 상품권을 꺼내 보았을까? 아버지가 사고를 당할 당시에 이미 해부 모형 인형을 받아 가지고 있었을까? 니꼴라는 마음을 진정시키기 위해 다시 한번 앞으로 벌어질 일을 상상해 보았다. 바로 지금, 파트릭이 조용히 다른 친구의 가슴을 누르고 있는 순간 전화가 울린다. 저녁 시간은 그 끔찍한 소식에 의해 평상시와는 달리 제 궤도를 벗어나 흘러가고. 그리고 오늘 밤. 다음날. 또 고아가 된 자신의 인생. 다른 한편 그는 이런 상상 속으로 빠져 드는 게 나쁘다고, 불행을 가져 올 수도 있다고 생각했다. 전화벨이 진짜 울린다면, 니꼴라가 측은해 보이려고, 스스로 위로받기 위해 상상했던 일이 실제로 일어난다면, 자신은 뭐라고 할 것인가? 정말 끔찍한 일일 것이다. 니꼴라는 고아가 될 뿐만 아니라 죄인이, 끔찍한 죄를 저지른 죄인이 될 것이다. 아버지를 직접 죽인 것이나 마찬가지일 것이다. 일전에, 아버지가 늘 당부하는 것처럼 조심하라는 얘기를 하면서, 옛날 같은 반 친구였던 사람의 얘기를 예로 든 적이 있었다. 그 친구가 총을 가지고, 물론 장난하며 노느라고, 남동생을 겨눈 적이 있었다. 설마 총에 실탄이 장전되어 있다고는 생각도 못 했다. 그 친구가 방아쇠를 당기자 동생이 가슴에 총을 맞았다. 〈그래서 그 다음 어떻게 됐을까?〉, 니꼴라는 생각해 보았다. 〈이 꼬마 살인자를 과연 어떻게 했을까? 이 아이를 처벌할 수는 없었을 것이다. 그 아이 잘못은 아니었으니까. 이미 그 아이는 충분히 벌을 받은 거나 마찬가지다. 그러면 아이를 위로해야 하나? 하지만 그런 일을 저지른 아이에게 어떻게 위로의 말을 할 수 있단 말인가? 과연 무슨 말로 위로할까? 사람들이, 그 아이의 부모가, 과연 그 아이를 끌어안고 이제 모든 것이 끝났다고, 다 잊을 것이니 앞으로는 모든 일이 잘될 거라고 따뜻하게 말해 줄 수 있을까? 그렇게 할 수 없을 거다. 그렇다면 어떻게? 아이의 인생이 망가지지 않도록 애써 거짓말을 하면서 사건의 전모를 일단은 조금 덜 끔찍하게 꾸며서 얘기해 준 다음, 서서히 진실을 알려 준다면? 총이 저절로 발사되었고, 아이가 총을 잡고 있지도 않았으니 이 일에 아무 책임도 없다고…….〉

「아주 천천히 몸을 다시 움직여 봐라.」

파트릭이 말했다.

「먼저 발부터 움직이고. 발목으로 작게 원을 그리면서……. 옳지, 너무 서두르지 말고. 그래, 이제 눈을 떠도 좋다.」

13

 그날 밤 니꼴라는 애벌레 모양의 놀이 기구를 탔다. 니꼴라와 함께 탄 어른은 아버지가 아니라 바로 파트릭이었다. 니꼴라와 파트릭은 놀이 공원에서 만났던 아이의 아버지에게 동생을 맡긴 상태였다. 동생은 초록색 파카를 입고 비가 오지 않는데도 머리에 후드를 쓰고 작은 빨간 고무장화를 신고 있었다. 동생이 손을 들어 니꼴라와 파트릭에게 인사를 하였다. 아이의 아버지는 계속 웃으면서 동생의 다른 쪽 손을 잡고 있었다. 동생의 얼굴이 눈에 선명하게 들어오지 않았다. 파트릭은 좌석의 안쪽 깊숙이 앉고, 니꼴라는 파트릭의 긴 다리 사이에 끼어 앉았다. 파트릭의 무릎이 금속성 좌석 칸막이에 닿아 있었다. 회전 놀이 기구의 작동을 담당한 직원이 두 사람 위로 안전 차단걸이를 내리고 단단히 잠갔다. 애벌레 놀이 기구가 움직이기 시작했다. 천천히, 놀이 기구가 아직도 손을 흔들고 있는 동생 앞을 지나갔다. 그리고 땅에서 휙 벗어나 하늘로 치솟았다. 니꼴라와 파트릭은 공중에 떠 있었다. 애벌레가 멈춰 섰다. 그러고는 갑자기 아래로 급강하했다. 니꼴라는 심연으로 빨려 들어가는 것같이 느꼈다. 그리고 이 심연은 또한 니꼴라 안에 있었다. 뱃속이 뒤집히는 것 같았다. 니꼴라는 겁을 먹었다. 웃고 싶었다. 이제 빠른 속도로 움직였다. 애벌레가 땅바닥을 다시 스쳐 지나면서 무제한 속도로 달리는 기차 소리를 쉬쉬쉬 내고는 금방 하늘로 다시 솟아오른다. 니꼴라는 이번에 겨우, 매표소, 동생과 땅에 있는 사람들의 얼굴을 잠깐 볼 수 있었다. 그리고 그들은 또다시 더 빠른 속도로, 더 세게 하늘로 던져졌다. 이러다 어느 순간 이 끔찍한 시간과 공간에서 갑자기 멈춘 뒤, 순식간에 다른 쪽으로 확 기울어져 버렸다. 니꼴라는 발 쪽으로 빠르게 달려드는 땅을 발로 밀어냈다. 그리고 안전 차단막 위에 놓인 손가락에 힘을 주었다. 파트릭도 손으로 단단히 움켜잡았다. 가느다란 손목에 달린 그의 그을린 큼지막한 손에 힘이 들어갔다. 스웨터 셔츠의 소매가 걷어올려져 있었기 때문에, 팔뚝에 마치 케이블처럼 팽팽하게 당겨진 힘줄이 도드라지게 솟아 있는 것이 보였다. 니꼴라는 자신의 등뒤에 단단한 파트릭의 배가 닿아 있는 것을 느꼈다. 파트릭의 배가 니꼴라의 배와 같은 리듬으로 허공의 문턱에서 두려움으로 수축되는 게 느껴졌다. 놀이 기구에 탄 사람들이 한쪽으로 완전히 기울어질 때 니꼴라는 긴장감을 떨쳐 내려고 애쓰면서도 여전히 더 오그라들었다. 그리고 땅에 가까워질 때는 긴장이 풀렸다. 하지만 이미 다시 하늘로 치솟기 시작하고 있었다. 그리고 벌써 꼭대기에 도달한다. 또다시 급강하의 기막힌 공포가 밀려들었다. 뻣뻣하게 굳어진 파트릭의 허벅지가 니꼴라의 허벅지를 조였고 니꼴라는 눈을 뜨지 않고 있었다. 그러다가 갑자기 꼭대기에 도달하기 직전 눈을 떴고, 저 멀리 자신들 아래에 보이는 놀이 공원 전체가 눈에 들어왔다. 작은 실루엣들, 땅에서 종종걸음 치며 걷는 인간 개미들이 몇 광년쯤 떨어진 곳에서 움직이고 있었다. 이렇게 아래가 내려다보이는 순간, 니꼴라는 이 실루엣들 가운데 하나, 둘을 포착했다. 작은 남자아이의 손을 잡고 멀어져 가고 있는 남자의 모습이었다. 이미 애벌레는 다시 추락하기 시작했고, 더 이상 아무것도 보이지 않았지만, 니꼴라는 무슨 일이 일어나고 있는지 알 수 있었다. 그 다음 회전 차례가 됐을 때 니꼴라는 공포로 꼼짝할 수 없는 상태에서 눈을 크게 떴다. 동생을 데리고 있던 그 남자는 이미 훨씬 멀어지고 있었다. 다시 밑으로 떨어지면서는 애벌레 기구 안에서 그 남자를 볼 수 없을 테고, 다시 올라갈 때는 그들이 시야에서 사라질 것이다. 니꼴라는 확신했다. 그들은 이미 사라지고 난 뒤일 것이다. 니꼴라가 본 마지막일 것이다. 그러니까 멀쩡한 상태로, 눈과 모든 팔다리 그리고 몸 안의 모든 장기가 그대로 있는 상태에서 동생을 보는 것은 마지막이었다. 무기력하게 그가 바라보는 가운데, 눈 깜짝할 사이에 사라지고 있는 것, 이것이 바로 그가 간직할 동생의 마지막 모습이다. 파카를 걸치고 빨간 고무 장화를 신은, 땅딸막하니 작은 실루엣, 청재킷을 입은 남자의 손을 잡고 있는 동생. 울어 본들 소용이 없었다. 니꼴라와 몸을 바짝 붙이고 앉아 있는 파트릭조차도 그 소리를 듣지 못할 것이다. 설령 파트릭이 울음소리를 듣는다 하더라도, 또 니꼴라가 본 그 장면을 보았다 하더라도 상황은 전혀 바뀌지 않을 것이다. 애벌레의 회전은 3분 동안 계속되고, 놀이 기구 안에는 비상벨도 없었으며 기구를 타는 동안에는 내릴 수도 없었다. 아직도 2분, 그러고는 1분 30초 동안 그들은 회전을 계속할 테고, 그 사이 동생은 울타리 뒤로 사라질 것이다. 그리고 청재킷의 남자는 동생을 하얀 가운을 입은 공범들이 기다리고 있는 트럭으로 데리고 간다. 회전이 끝나고 니꼴라와 파트릭이 다리를 후들후들 떨며 놀이 기구에서 내릴 때면, 너무 늦은 것이다. 이 장면을 목격한 사람이 니꼴라 혼자뿐일까? 아니면 파트릭도 보았을까? 아니다, 파트릭은 아무것도 보지 못했다. 어쩌면 그가 아무것도 보지 않은 편이 더 낫다. 놀이 기구가 땅에 도착하면 파트릭은 다리 사이에서 니꼴라를 들어올리고는 몸을 부르르 추스르면서 좌석에서 일어나 나올 것이다. 그러고는 웃으면서 자신들이 아랍의 왕세자라고 여러 번 말할 것이다. 파트릭은 아직도 얼마 동안은 무슨 일이 일어났었는지 모를 것이고, 그래서 웃을 수 있을 것이다. 니꼴라는 이런 파트릭이 부러웠다. 눈을 떠 아래쪽을 내려다보면서 자기가 목격한 사실을 보지 않을 수만 있었다면, 그래서 파트릭과 같이 세상 모른 채 행복감을 느낄 수 있다면, 아직 동생이 사라지지 않은 세상에서 조금만 더 파트릭과 함께 머무를 수만 있다면, 목숨을 내놓아도 좋다고 생각했다. 니꼴라는 이 순간이 지속될 수 있다면, 애벌레가 영원히 멈추지 않을 수 있다면, 죽어도 여한이 없다고 생각했다. 그렇다면 방금 벌어진 일들, 지금 막 밑에서 일어나고 있는 일들이 존재하지도 않을 테니까. 그들은 그 소식을 접하지 않을 것이다. 니꼴라의 삶에는 오로지 이것만, 점점 빠른 속도로 돌아가는 애벌레 놀이 기구, 그리고 니꼴라와 파트릭을 아주 멀리 공중으로 밀어 버리는, 두 사람이 서로에게 단단히 밀착되도록 하는 원심력말고는 아무것도 없을 것이다. 니꼴라의 뱃속에서 패이면서 안쪽으로부터 끌어당기는 이 구멍, 잠시 채워졌다가 다시 휑하니 비워지는, 그리고 점점 더 깊은 곳까지 파고드는 구멍, 그리고 니꼴라의 등에 바짝 붙은 파트릭의 배와 그의 허벅지에 감긴 파트릭의 허벅지, 또 니꼴라의 목뒤로 느껴지는 파트릭의 입김, 소음, 구멍 그리고 하늘말고는 아무것도.

14

 축축한 느낌이 니꼴라를 깨웠다. 그리고 이내 끔찍한 일이 벌어졌다는 확신이 들었다. 침대 시트와 잠옷 아랫도리, 윗도리가 젖어 있었다. 니꼴라는 하마터면 집에 있는 것으로 착각해 울면서 누군가를 부를 뻔했다. 그러나 제때 소리를 죽였다. 모든 아이들이 자고 있었다. 밖에서는 바람이 소나무에 부딪히면서 소리를 내고 있었다. 니꼴라는 엎드린 채로 차마 움직일 엄두를 내지 못했다. 일단 아침까지 잠옷과 시트가 체온으로 데워져 말랐으면 하고 바랐다. 그러면 내일 침대 위로 올라와 들여다보고 시트의 냄새를 맡아 보지 않는 한, 아무것도 눈치채지 못할 것이다. 그런데 이번엔 오줌을 쌌을 때 늘 나는 그 냄새가 나지 않았다. 다른 때보다 훨씬 밋밋하고 겨우 맡을 수 있을까 말까 한 냄새였다. 오줌이 고여 있는 곳의 끈끈한 정도도, 그의 몸과 시트 사이에 마치 축축한 풀이 있는 것처럼 느껴지는 것이, 다른 때와 달랐다. 걱정이 된 니꼴라가 밑으로 슬쩍 손을 넣자 아주 끈적끈적한 무언가가 만져졌다. 니꼴라는 혹시 자신의 복부가 열려 이 끈끈한 액체가 흘러 나온 게 아닌가 하고 생각해 보았다. 혹시 피? 사실인지 확인해 보기에는 주위가 너무 어두웠다. 니꼴라는 다만 침대 위에, 오드칸의 푸른색 잠옷 위에 넓게 퍼져 있는 커다란 붉은 점을 상상해 보았다. 조금만 움직여도 내장이 흩어질 것이다. 상처가 났다면 아플 텐데, 니꼴라는 아픈 데는 전혀 없었다. 겁이 났다. 그는 차마 손을 얼굴로 가져 가지 못하고 있었다. 입과 콧구멍, 그리고 눈에, 이 끈적끈적한 물질, 자신의 몸 속에서 빠져 나온 이 해파리의 분비물을 갖다 댈 엄두를 내지 못하고 있었다. 어둠 속에서, 그는 오로지 자신에게만 뭔가 끔찍한, 초자연적인 무언가가 일어났다는 생각에, 두려움으로 얼굴의 근육이 긴장되고 눈이 휘둥그레지고 있음을 감지했다.

원숭이 다리 얘기가 들어 있는 책에서 니꼴라는 〈무시무시한 얘기〉를 또 하나 읽은 적이 있는데, 이상한 시럽을 마시고 난 후, 몸이 서서히 분해되어 액체가 되더니 나중에는 거무스름하고 끈적끈적한 마그마 같은 물질로 변하는 한 남자의 이야기였다. 그런데 이야기 속에서는 이 남자의 모습을 지켜보는 사람이 남자 자신이 아니라 바로 그의 어머니이다. 아들이 방에서 나오지도 않고 아무도 들어오지 못하게 할 뿐만 아니라 목소리가 점점 낮고 뭉클뭉클하게 되면서 곧 알아들을 수 없는 출렁출렁하는 소리를 내게 되자, 어머니는 무척 놀란다. 시간이 지나자 아들은 더 이상 말을 하지 않고 문 밑으로 쪽지를 밀어 넣어 의사 소통을 한다. 그런데 이 쪽지의 글씨체도 점점 흐트러지더니, 종국에는 기름기 있는 시커먼 점들로 뒤덮인 종이 위에 정신없이 뭔가가 휘갈겨져 있을 뿐이었다. 공포가 절정에 달하여 어머니가 강제로 문을 부수고 들어갔을 때, 마룻바닥 위에 남아 있는 것은 보기 흉한 액체뿐이었다. 액체의 표면에는 전에 눈이었던 것으로 보이는 기포 두 개만 둥둥 떠다니고 있었다.

니꼴라는 빨려 들어갈 듯이 이야기를 읽었었다. 책 속의 이야기가 자신에게 위협적이지는 않았는지, 니꼴라는 그때는 정말로 두려움을 느끼지는 않았다. 그런데 이제 이와 비슷한 일이 니꼴라에게 벌어지고 있는 것이다. 니꼴라 몸에서 그를 끈적끈적하게 휘감는 고름이 흘러 나오고 있었다. 상처보다 더 심한 것이었다. 그게 바로 니꼴라로부터 스며 나오고 있다. 조금 있으면 이게 바로 니꼴라의 모습일 것이다.

다른 친구들이 아침에 그의 침대에서 과연 무엇을 보게 될까?

니꼴라는 두려웠다. 친구들이 두렵고 자기 자신이 두려웠다. 니꼴라는 도망쳐서 숨어야 한다고, 모든 사람들로부터 멀리 떨어져서, 혼자 보는 데서만 액체로 변해야 한다고 생각했다. 니꼴라의 인생은 이제 끝이 났다. 아무도 그를 다시 보지 못할 것이다.

 조심스럽게, 쭉 빨아당기는 소리가 날까 염려했지만 다행히 소리를 내지 않고 배를 들어올리는 데 성공하였다. 시트와 담요를 걷어 내고 사다리 쪽으로 기어와 침대 밑 부분까지 미끄러져 내려왔다. 오드칸은 눈을 감고 있었다. 살금살금 아무도 깨우지 않고 침실을 가로질렀다. 복도에는 작은 오렌지색 불빛이 보여 자동 타이머 점등기가 있는 자리임을 알 수 있었다. 하지만 니꼴라는 불을 켜지 않았다. 복도 구석에 숲 쪽으로 나 있는, 덧창도, 커튼도 없는 유리창이 우윳빛 점을 만들어 내고 있어 길을 찾는 데는 어렵지 않았다. 니꼴라는 계단을 내려왔다. 그의 맨발이 바닥의 타일에 닿아 오그라들었다. 2층에는, 그날 아침 선생님이 니꼴라 엄마에게 전화를 걸었던 작은 사무실 문말고는 모든 문이 닫혀 있었다. 니꼴라는 들어가서 전화를 뚫어지게 쳐다보고는 원하면 전화를 쓸 수도 있다고 생각했다. 한밤중에 아무도 모르게 숨죽여 얘기할 수 있으리라. 그런데 누구에게 말한다? 바로 이 사무실에다 선생님과 스키 캠프 교사가 학급에 관한 서류와 장부를 보관하고 있었다. 자기와 관련된 내용을 찾을 수 있을까 하는 기대로 이것들을 들춰볼 수도 있으리라. 아주 드물긴 하지만 집에 혼자 남아 있게 될 때, 니꼴라는 그 시간을 이용해 부모님의 물건과 엄마의 화장대, 아버지의 책상 서랍을 뒤져 보곤 했다. 그가 찾고 있는 것이 정확히 무엇인지, 어떤 비밀인지도 모른 채, 막연히 이걸 찾는 일이 그에겐 사느냐 죽느냐가 달린 일이며, 만약 찾더라도 부모님에게 절대 발각되어서는 안 된다고 생각하면서. 니꼴라는 모든 것을 정확히 제자리에 다시 놓아 부모님의 의심을 사지 않도록 애썼다. 니꼴라는 현장에서 들킬까 봐, 부모님이 문소리를 내지 않고 조용히 들어올까, 아버지의 손이 갑자기 자신의 어깨를 덥석 잡게 될까 두려웠다. 그럴 때면 니꼴라는 잔뜩 겁을 먹고 있었고 가슴은 흥분으로 방망이질 치곤 했다.

니꼴라는 사무실에서 오래 머무르지 않고 1층으로 내려왔다. 잠옷이 배와 허벅지에 달라붙었다. 홀의 희미한 불빛이, 유령 교실을, 벽을 따라 가지런히 놓인 아이들의 방한 부츠와 옷걸이에 나란히 걸려 있는 아이들의 운동복을 품에 안고 있었다. 출입문도 물론 닫혀 있었다. 하지만 빗장만 채워져 있었기 때문에 돌리기만 하면 되었다. 니꼴라는 육중한 문짝을 소리없이 자기 쪽으로 당겼다. 밖은 온통 하얀 세상이 되어서 눈에 들어왔다.

15

 눈이 온 세상을 뒤덮고 있었다. 아직도 눈이 내리고 있었는데, 바람이 불자 눈송이가 부드럽게 원을 그리며 떨어지고 있었다. 이렇게 많이 내리는 눈을 보는 것은 처음이었다. 절절한 고통 속에서 니꼴라는 경이로움마저 느꼈다. 니꼴라가 등지고 있는, 잔뜩 먹고 난 뒤 쌔근거리며 규칙적으로 숨을 몰아쉬는 덩치 큰 동물처럼 잠들어 있는 산장의 열기와는 대조적으로, 얼어붙은 밤 공기가 반쯤 드러난 니꼴라의 가슴을 파고들었다. 니꼴라는 꼼짝하지 않고 문턱에 서 있었다. 잠시 후, 한 쪽 손을 내밀자 눈송이 하나가 사뿐히 내려앉았다. 니꼴라는 밖으로 나왔다.

 그는 아직 아무도 밟지 않은 눈 속에 맨발을 깊숙이 집어 넣으면서 공터를 가로질렀다. 전세 버스도 마치 잠들어 있는 동물 같았다. 어미 산장 옆구리에 바싹 기대어 불꺼진 큼직한 헤드라이트를 달고 눈을 뜬 채 잠들어 있는 새끼 산장의 모습이었다. 니꼴라는 전세 버스를 지나서, 눈으로 덮여 있는 도로에 이르렀다. 니꼴라는 쑥 들어간, 쓸쓸한, 뭐라 말할 수 없이 쓸쓸한 자기 발자국을 보기 위해 몇 번이고 뒤를 돌아보았다. 이 밤에, 혼자, 밖에 있었다. 맨발로, 젖은 잠옷을 걸친 채 혼자 눈 위를 걷고 있었다. 아무도 이 사실을 모르고 있었다. 그리고 아무도 니꼴라를 다시 만나지 못할 것이다. 몇 분이 지나면 니꼴라의 흔적들은 지워질 것이다.

니꼴라는 파트릭의 차가 세워져 있는 첫번째 커브길을 지나 멈춰 섰다. 한참 멀리 소나무 가지 사이로 아래쪽에서 움직이다 사라지는 노란색 불빛을 발견했다. 분명히 계곡의 대로 위를 달리는 자동차의 헤드라이트일 것이다. 이런 늦은 시간에 누가 여행하고 있을까? 그런 사실을 알지도 못한 채, 누가 그와 함께 이 밤의 침묵과 고독을 나누고 있는 걸까?

산장을 나오면서 니꼴라는 기진맥진해 넘어질 때까지 곧장 앞으로 걸어가야겠다고 생각했다. 그런데 너무 추워서 거의 무의식적으로, 마치 은신처를 찾아가듯 파트릭의 차 쪽으로 걸어왔다. 차까지 오기 위해서는 무릎까지 빠지는 눈 속을 걸어야 했다. 자동차의 문은 닫혀 있었다. 니꼴라는 운전석에 올라가 다리를 쪼그리고 앉아 운전대 뒤에서 몸을 동그랗게 말아 보려고 애썼다. 몸이 닿았을 때는 운전석이 이미 젖은 상태로 얼음처럼 차갑게 느껴졌다. 니꼴라는 허리춤으로 손을 넣어 보았다. 끈적끈적한 액체는 이미 파삭파삭하게 말라 있었다. 떨어지는 것은 눈밖에 없었다. 그는 덜덜덜 떨면서 배의 쑥 들어간 자리, 가끔 부모님이 고추라고 부르던, 자신이 의학 사전에서 읽었을 때는 음경이나 페니스, 그리고 학교에서는 좆이라고 들었던 그 이름들 중 어떤 것도 진짜인 것 같지 않았기 때문에 그냥 뭐라고 이름 붙이고 싶지 않았던 그 물건과 배꼽 사이에 손을 가져 갔다. 어느 날 운동장 구석에서 한 친구가 자신의 물건을 꺼내더니 친구들을 웃기려고 이것이 자신의 명령에 따른다고 말했다. 친구가 〈자 토토, 올라와, 토토 어서〉 하며 부르자 그 물건이 일어섰다. 그 친구는 물건을 두 손가락 사이에 끼고는 마치 활처럼 팽팽하게 당기더니 자기 배에 튕겨 튀어 오르게 했다. 이 물건은, 세월이 좀 지나서 니꼴라가 알게 될 어떤 이름이, 진짜 이름이 있는 게 분명했다.

어렸을 때 피노키오와 함께 니꼴라가 가장 좋아하던 두 권의 책 가운데 하나인 인어공주 이야기가 생각났다. 작은 인어가 폭풍우 속에서 언뜻 본 왕자를 사랑하게 되자, 왕자로부터 사랑을 받기 위해 인간이 되기를 꿈꾼다. 그래서 이를 위해 마녀에게서 마법의 힘을 빌리게 되었을 때 니꼴라는 묘한 기분을 느꼈다. 마녀는 물고기 꼬리 자리에 다리가 솟아오르게 만드는 물약을 인어에게 주고, 그 대신 그녀의 목소리를 빼앗아 버린다. 그래서 벙어리인 상태로 사랑을 얻어내야 한다. 만약 실패하면, 사흘이 지나도 왕자가 인어공주에게 사랑을 고백하지 않는다면 그녀는 죽게 될 것이다. 니꼴라가 가장 좋아하는 장면은 물약을 마신 인어공주가 해변에서 혼자 밤을 보내는 장면이었다. 그녀는 나뭇잎으로 꼬리가 덮인 채 모래톱에 길게 누워 있다. 멀리서 환하게 깜빡이는 별빛을 받으며 바닷가에서 변신의 순간을 기다리고 있다. 니꼴라의 책에는 이 장면에서, 긴 금발이 가슴을 덮고 있고 배꼽 바로 아래부터 비늘이 나 있는 인어의 모습을 그린 그림이 들어 있었다. 이 그림은 그다지 잘 그린 그림이 아니었다. 하지만 꼬리 위에 있는 그녀의 배가 믿어지지 않을 만큼 부드러운 감촉을 지녔을 것이라는 사실은 짐작할 수 있었다. 작은 인어는 밤새 고통스러웠다. 그리고 현재 그녀의 모습과 앞으로 태어나게 될 그녀의 모습이 싸우고 있는 그곳, 나뭇잎 아래를 차마 내려다보지 못하고 있었다. 그녀는 고통스러웠다. 너무나 고통스러웠다. 멀찍이 떨어진 해변에서 어망을 손질하느라 불을 피워 놓고 둘러앉아 이야기 꽃을 피우는 어부들의 시선을 혹 끌게 되지 않을까 두려워하며, 그녀는 가느다란 신음소리를 내고 있었다. 아주 작은 목소리로, 혼자만 들리게, 그녀는 자신의 목소리를 마지막으로 들어 보기 위해 노래를 부르려고 애썼다. 희미하게 새벽이 오고 있었고, 그녀는 싸움이 끝나고 마법의 효력이 발휘되었음을 잘 느낄 수 있었다. 그녀는 풀잎 아래에 다른 무언가가 있다는 사실을, 과거 그녀의 모습이 다르게 변해 있음을 느낄 수 있었다. 그녀는 무서웠다. 그녀의 영혼이 지독히도 스산하게 느껴지고, 이미 그녀의 목소리는 목구멍 깊숙이 사그라져 버린 뒤였다. 더듬더듬, 그녀는 몸 전체를 손으로 쓸어 내렸다. 그런데 배꼽 밑, 태어날 때부터 비늘이 있었던 그 자리에 피부가, 그토록 부드러운 살갗이 이어지고 있는 게 아닌가. 이 순간만큼 니꼴라를 뒤흔들어 놓는 것은 없었다. 비록 책에서는 짧은 순간이었으나 작은 인어의 손이 자신의 다리를 발견하게 되는 이 순간을 상상하며 니꼴라는 몇 시간이고 보낼 수 있었다. 니꼴라는 잠들기 전 몸을 잔뜩 웅크린 다음, 이불을 끌어올리고 마치 작은 인어가 된 양 행동했다. 손으로 허벅지를 쓸어 내리면서 허벅지 안쪽의 보드라운 살결을 더듬었다. 너무나 보드라웠기 때문에 착각에 빠질 수 있었다. 니꼴라는 인어공주의 허벅지, 장딴지, 발목을, 그토록 가늘고 매혹적인 발목을 만지는 것처럼 느낄 수 있었다. 다시 한번, 자성을 띤 것처럼, 인어공주와 니꼴라, 그들은 다시, 손이 따뜻한 감촉을 느꼈던 안쪽 허벅지 부분으로 올라왔다. 이 느낌, 너무나 달콤하고 슬프기까지 한 이 느낌 때문에 니꼴라는 이 감촉이 영원히 지속되었으면 하고 바랐다. 그러고는 울음을 터뜨렸다.

지금은 눈물이 나오지 않았다. 너무 추웠기 때문이기도 했지만, 이제 더 이상 이야기 속의 상황이 아니었다. 니꼴라는 자신의 침대에서 잔 것이 아니라, 혼자 바깥에서, 차디차게 빛나는 별빛을 받으며 영롱하고 시린 눈 속에 파묻혀 있었다. 그리고 사람들로부터, 내밀 수 있는 도움의 손

길로부터 너무나 멀리 떨어져 있었다. 마치 새벽 동이 트면서 이제 더 이상 바다 왕국의 식구가 아니고, 게다가 영영 인간 세상에도 속할 수 없게 되리라는 사실을 깨달은 작은 인어공주처럼. 인어공주는 혼자였다. 고립무의의 상태에서 자신의 체온과 몸을 둥글게 감싸고 있는 그녀는 복부의 부드러운 감촉말고는 도움을 요청할 데가 없었다. 모든 것을 잃어버렸으며, 그 대가로 아무것도 얻을 수 없음을 이미 알아차린 그녀는 이를 덜덜 부딪치며 두려움과 슬픔으로 흐느끼면서 복부 속으로 숨어 들어 있었다. 자신의 목소리라도 들었더라면 안심이 되었을 텐데, 목소리가 사라진 뒤라 이것 또한 불가능해진 것이다. 니꼴라는 자신도, 그녀와 같은 운명에 처하게 될 것임을 예감했다. 밤새 추위에 얼어 죽을 것이다. 아침이 되면 사람들이 부서질 듯한 얇은 얼음막이 생겨 뻣뻣하고 시퍼렇게 된 니꼴라의 몸을 발견하게 될 것이다. 니꼴라를 발견하는 사람은 분명히 파트릭일 것이다. 그는 니꼴라를 안아 차에서 꺼내고 인공 호흡으로 소생시켜 보려고 하겠지만 소용없을 것이다. 고통과 공포로 부릅뜬 니꼴라의 눈을 감겨 주는 것도 파트릭일 것이다. 쉽지 않을 것이다. 얼어붙은 눈꺼풀이 내려오지 않으려 할 것이고, 모두가 죽은 어린 소년의 공포에 질린 눈과 마주치는 것을 두려워할 것이다. 하지만 파트릭만은 해결책을 찾아낼 것이다. 그의 그을린 손이 정확한 놀림으로 눈꺼풀의 긴장을 풀어 주고 사뿐히 감기도록 해줄 것이다. 그의 손가락은 이제는 평온해진, 시선 없는 얼굴에 한참 머물러 있을 것이다.

니꼴라의 부모님에게 이 사실을 알려야 할 것이다. 전교 학생이 그의 장례식에 참석할 것이다.

니꼴라가 장례식 장면을 떠올리며 약간의 위안을 얻는 동안 나뭇가지 하나가 차창을 긁고 지나가자 또다시 두려움이 엄습해 왔다. 산짐승이면 어쩌나 하는 마음보다는, 경솔하게 산장 밖으로 나오는 아이, 안온한 보금자리를 벗어나는 아이가 있으면, 그대로 토막을 내려고 기회만 노리는 살인자가 밤중에 산장 근처를 배회하고 있을지도 모른다는 두려움이었다. 니꼴라는 아까 아래쪽 대로 위에서 헤드라이트 불빛을 보았던 그 자동차를 다시 생각했다. 그리고 이 밤에 홀로, 니꼴라와 같이 밤을 지새우고 있을 그 여행자에 대해 생각해 보았다. 그러고는 자그마한 소리에도, 눈 위에서 바스락거리는 숨죽인 발자국소리 하나에도 신경을 곤두세웠다. 주체할 수 없이 떨리고 있는 허벅지 사이에 손을 바싹 붙이고, 한 손으로 이름 없는 이 아주 작은 거시기를 꽉 쥐었다. 니꼴라는 울지 않았다. 그러나 그의 얼굴은 무시무시한 공포로 경련을 일으키고 있었다. 니꼴라는 소리를 지르려고 입을 열었지만 아무 소리도 나오지 않았다. 눈을 크게 뜨고 잔인한 공포로 일그러진 얼굴을 만들어 냈다. 그를 발견하는 사람들이 얼굴만 보아도 눈 내리는 한밤중 모두가 잠든 사이, 그들로부터 불과 몇 킬로미터 떨어진 곳에서 죽기 직전 니꼴라가 어떤 상황을 겪어야 했는지 알 수 있도록 하기 위해서.

16

 자신도 미처 모른 채, 그의 온몸이 가만히 떨리고 있었다. 의식을 잃은 것은 아니었지만, 서리가 밀치고 들어온 그의 뇌 신경관에서는 더 이상 생각이 흘러 다니지 못하고 있었다. 어떤 때는 마치 몸체가 마비된 넋 빠진 물고기같이, 컴컴하고 적막한 물 속 깊은 곳에서 솟구쳐 올라와 수면을 뒤덮고 있는 얇은 얼음막에 접근하다 어둠에 낚아채여, 작은 자취를, 이내 지워질 놀라움의 흔적을 남기고는 다시 사라지는 물고기처럼 느껴졌다. 바로 이것이다, 죽는다는 것은……. 얼어붙고 마비된 상태에서 고요하고 어둠 침침한 심연까지, 더 이상 니꼴라라는 존재는 없고, 부들부들 떨 몸뚱이도 없는 곳, 위안을 기대할 수도 없는 곳, 아니 아무것도 없는 이곳까지 천천히 잠수하는 것. 니꼴라는 이제 자신이 눈을 뜨고 있는지 감고 있는지 분간이 되지 않았다. 이마와 닿아 있는 운전대의 감촉이 느껴지긴 했지만, 아무것도 눈에 보이지는 않았다. 자동차 안도, 바깥도, 눈이 쌓인 도로의 끝도, 창문을 통해 내다보이는 소나무도....... 그런데 어느 순간 불빛이 니꼴라의 눈꺼풀을 가볍게 두드리더니 이리저리 움직이며 방향을 바꾸고 있었다. 니꼴라는 순간 야간 여행자를, 그러고 나서는 주위를 돌면서 그를 눈부신 광휘로 휘감고 있는 심연의 거대한 물고기를 생각했다. 니꼴라는 가라앉고 싶었다. 여행자로부터 벗어나기 위해, 그의 얼굴을 보지 않기 위해 물고기와 함께 점점 더 심연으로 깊숙이 내려가고 싶었다. 손전등 빛에 눈이 부시고, 차 문이 열리는 순간, 니꼴라는 괴성을 지를 뻔했다. 희미한 형태의 물체가 몸을 기울여 니꼴라를 내려다보았다. 소리가 목구멍에서 막히며 잦아들었다. 누군가의 손이 니꼴라를 만지더니 〈니꼴라, 이런, 니꼴라, 도대체 어떻게 된 거니?〉 하고 말하는 목소리가 들렸다. 이 목소리의 주인공이 누구인지 알아채는 순간, 그는 온몸의 긴장이 풀렸다. 그의 근육, 신경, 뼈, 생각, 모든 것이 한꺼번에 녹아 내리기 시작했다. 눈물처럼 끝없이. 이미 파트릭은 니꼴라를 팔에 안고 있었다.

그는 분명히 다시 눈을 떴던 것 같다. 왜냐하면 파트릭이 그를 안고 길을 올라오는 동안 두 사람 뒤로 자동차의 문이 그대로 열린 채 있었던 것이 기억나기 때문이다. 너무 황급히 니꼴라를 옮기느라 파트릭은 차 문을 제대로 꽉 닫지 않았고, 마치 부러진 새의 날개 끝처럼 자동차 옆구리에서 바람에 덜컹거리고 있는 이 차 문의 이미지가 니꼴라의 각막에 아로새겨졌다. 이 일이 있고 나서 파트릭과 마리 앙주는 사람들이 몸을 문질러 주고 있는 동안에도 니꼴라가 계속해서 차 문 얘기를 하면서 〈가서 차 문을 닫아야 한다〉고 말했다고 니꼴라에게 우스갯소리로 얘기했다. 다른 사람들이 니꼴라가 과연 소생할까 하고 걱정하는 동안에도 니꼴라의 단 한 가지 걱정은 밤중에 도로에 차 문이 그대로 열린 채 있어서는 안 되는 것이었다고.

 그러고 나서 불빛이 보였고, 파트릭과 마리 앙주의 얼굴이 눈에 들어오고, 그의 이름을 계속 부르는 그들의 목소리가 들렸다. 니꼴라. 니꼴라. 니꼴라는 따뜻한 손으로 그의 몸 전체를 오가면서 문질러 주고 감싸 주는 그들과 함께 있었다. 그런데 이들은 마치 니꼴라가 숲속에서 실종된 후 수색에 참가한 사람처럼 니꼴라의 이름을 부르는 것이었다. 그는 부상을 입고 피를 흘리면서 작은 초목이 무성한 숲속에 누워 있다. 〈니꼴라! 니꼴라! 어디 있니, 니꼴라?〉 하고 염려하는 이들의 목소리가 멀리서 들려 온다. 하지만 대답을 할 수가 없다. 어느 순간 발자국에 풀잎이 바스락거리는 소리를 낸다. 그들은 바로 니꼴라 옆을 지나가면서도 그 사실을 모르고 있었다. 니꼴라도 소리를 내어 자신의 존재를 알릴 수 있는 상황이 아니었다. 이미 이들은 멀어지고 있었고 숲의 다른 쪽에서 수색을 계속하고 있었다. 잠시 후 파트릭이 니꼴라를 다시 팔에 안고 계단을 올라갔다. 니꼴라를 눕히고는 위에 무거운 담요를 덮어 주었다. 머리를 받치고 아주 뜨거운 걸 마시게 하자 그가 인상을 찡그렸다. 하지만 마리 앙주인 것 같은 목소리가, 〈괜찮으니까 마셔야 한다〉고 물러서지 않고 말했다. 잔을 기울이자 펄펄 끓는 액체가 그의 목구멍 속으로 흘러 들었다. 니꼴라는 강렬하게 오랜 시간 지속되어 관능적인 느낌마저 주던 오한기가 지나간 뒤의 몸의 감각을 다시 느끼기 시작하였다. 마치 커다란 물고기가 서서히 꼬리를 요동치듯이 겹겹의 담요 아래서 몸이 일렁이고 있었다. 니꼴라는 눈을 감고 있어서 사람들이 자신을 어디로 옮겼는지 모르고 있었다. 단지, 안전한 장소에 있다는 사실, 몸이 따뜻해지고 누군가가 자신을 돌보고 있다는 사실, 그리고 파트릭이 와서 자신을 죽음에서 구해 주었으며, 그를 안아서 온기가 있는 안전한 공간까지 데려 왔구나 하는 사실만 느낄 뿐이었다. 니꼴라 주위의 목소리는 웅얼거림으로 변해 버린 상태였고, 약간 까칠까칠한 천이 그의 입에 닿아 있었다. 그의 몸은 계속해서 움직이며 아주 천천히 움찔거리고 있었다. 마치 더 멀리 튀어 나가 그의 몸을 더 길게 늘이고 싶은 듯 몸의 요동이 발바닥에 한참을 머물다가 수그러들곤 했다. 침대 한구석에 있는 그의 몸은 아주 조그맣고, 마치 동굴 속에 숨어 들 듯 담요 밑으로 파고들었다. 침대 저편은 한없이 멀고, 또 끝없이 높게 솟아 있는 것 같았다. 그것은 마치 하늘을 찌를 듯 솟다가, 그의 눈 아래서 생명이 사그라지는 거대한 모래 언덕처럼 니꼴라 위로 솟아 있었다. 이 모래 언덕의 깎아지른 듯한 경사면에서 검은 공

하나가 내려온다. 이 공은 처음에 정상을 출발할 때는 극히 작은 점에 불과하다가 순식간에 굴러 떨어지며 점점 커지고 마침내는 집채만하게 변했다. 니꼴라는 이 공이 전체에 꽉 들어차 결국 공만 남게 되고 자신은 그 공에 짓눌리게 될 것이라고 상상했다. 공은 다가오면서 점점 크게 윙윙거리는 소리를 냈다. 니꼴라는 겁이 났다. 하지만 이내 마음만 먹으면 검은 공을 뒤로 밀쳐 버릴 수 있고, 한 방에 정상까지 되돌려 보낼 수 있다는 사실, 그래도 공은 다시 계속해서 떨어지게 되어 있으며, 결국 자신은 공에 깔리기 전에 더 이상 굴러 오지 못하게 막을 수 있다는 사실을 깨달았다. 바로 직전에, 공이 최대한 가까이 다가오도록 놔둔 다음 가능한 한 오래 있다가 공을 피하는 것, 이건 더할 나위 없는 희열을 맛보게 하였다.

17

 몸을 움츠리고 있는 니꼴라는 더웠다. 무척 더웠다. 그는 깨어 있었지만 이 열기를, 이 행복감을 지속시키기 위해 눈뜨는 순간을 미루고 있었다. 눈꺼풀 안은 오렌지색이었다. 가늘고 차분하게 들리는 윙윙거림은 아마도 귀에서 나는 소리거나 세탁기에서, 아니면 산장 어딘가에서 나는 소리일 것이다. 투명 유리 뚜껑 뒤 따뜻한 물 속에서 빨래가 천천히 뒤틀리면서 돌아가고 있었다. 니꼴라의 무릎은 턱에 닿아 있고, 담요를 쥐고 있는 손은 입술에 맞닿아 있었다. 그는 손가락 마디의 감촉과 손의 팍팍한 열기를 느꼈다. 다른 한 손은 이불 속 어딘가에, 자신의 몸이 똬리를 틀고 있는 훈훈하고 안온한 이불 깊숙이 있을 것이다. 마침내 니꼴라가 눈을 떴을 때 불빛도 아주 덥게 느껴졌다. 커튼을 친 상태였지만 뒤로 비치는 태양이 너무나 강한 빛을 발산하고 있었기 때문에, 방은 빛을 발하는 작은 점들이 흩뿌려진 오렌지색 미광 속에 잠겨 있었다. 니꼴라는 테이블과 전등갓이 눈에 들어오자, 전화가 있는 그 사무실에 자신을 데려다 놓았음을 알게 되었다. 니꼴라는 자기가 들어 보기 위해 가느다란 신음소리를 한 번 내었다. 그러고는 이번엔 조금 더 크게, 주위에 사람이 있는지 알아보기 위해 다시 신음소리를 내었다. 복도에서 가까이 다가오는 발자국 소리가 들렸다. 선생님이 침대 가장자리에 와 앉았다. 니꼴라의 이마를 짚으면서 부드러운 목소리로 기분이 괜찮은지, 어디 아픈 데는 없는지 물어 보았다. 선생님이 커튼을 걷는 게 어떻겠느냐고 물어 왔다. 태양 광선이 경쾌하게 방안으로 몰려들었다. 그러고 나서 선생님은 체온계를 찾으러 갔다. 니꼴라가 혼자 체온을 잴 줄 알던가? 니꼴라는 고개를 끄덕이고는 선생님이 내미는 체온계를 집어 담요 밑으로 보이지 않게 넣었다. 여전히 잔뜩 몸을 웅크린 채 더듬더듬 잠옷 바지를 내리고 양쪽 엉덩이 사이로 체온계를 가져 갔다. 닿는 느낌이 차가웠고, 구멍이 쉽게 찾아지지 않았지만 결국 찾았다. 그러고는 잘되고 있냐고 선생님이 묻자 다시 고개를 끄덕였다. 선생님과 니꼴라는 얼마간 기다렸다. 선생님은 계속 니꼴라의 이마를 쓸어 내렸고, 잠시 후 담요 밑에서 작은 부저 소리가 들렸다. 선생님은 이제 됐다고 했고, 체온계가 선생님한테까지 올라갔다.

「39.4도야. 휴식을 취해야겠다.」

체온을 읽고 나서 선생님이 말했다. 그런 다음 뭐 좀 먹지 않겠냐고 물었다. 니꼴라가 싫다고 대답하자, 이번에는 뭘 좀 마시지 않겠냐고, 열이 있을 때는 뭘 마셔야 한다고 했다. 니꼴라는 음료수를 마시고 나서, 열이 만들어 내는 후끈함, 부드럽고 울렁울렁한 무기력함 속으로 다시 숨어들었다. 그는 검은 공놀이를 계속했다. 잠시 후 전화벨 소리가 니꼴라를 깨웠다. 선생님이 마치 복도에서 기다리고 있었던 사람처럼 금세 달려왔다. 그녀는 목소리를 낮추고 미소를 머금은 채 니꼴라를 바라보며 잠시 통화를 했다. 그러고는 수화기를 내려놓고 침대 가장자리에 다시 앉아 체온을 한번 더 재고는 또다시 마실 것을 주었다. 차분하게, 선생님이 니꼴라에게 밤에 아무 의식 없이 돌아다닌 일이 전에도 있었냐고 물었다. 그는 모르겠다고 대답했다. 선생님이 마치 이 대답으로 충분하다는 듯 니꼴라의 손을 꽉 쥐자 그는 한편 놀라면서도 마음이 놓였다. 또 얼마가 지난 후 공터에서 나는 전세 버스의 엔진 소리, 1층에서 스키 강습을 받고 돌아오는 학급 아이들이 내는 기분좋은 수런거림이 들려 왔다. 계단에서 아이들이 우르르 몰려다니는 소리, 욕지거리, 웃음소리가 들렸다. 선생님은 니꼴라가 아프기 때문에 너무 시끄럽게 해서는 안 된다고 말했다. 니꼴라는 웃음을 지어 보이고 다시 눈을 감았다. 그는 아픈 게, 열이 있는 게, 큼지막한 검은 공이 자신의 위로 굴러 와 깔아뭉개려 하는 순간 다시 밀어 버리는 게 좋았다. 그는 밖에서 들리는 소린지 아니면 그의 몸 안에서 나는 소리인지 분간이 가지 않는 이 이상한 소리, 윙윙거림, 후드득 하는 소리가 좋았다. 그는 약을 몇 가지 먹는 것말고는 사람들이 전혀 이래라저래라 하지 않고 자신을 돌봐주는 것이 좋았다. 니꼴라는 어떤 때는 열에 들떠 비몽사몽 속으로 몸을 내맡기기도 하고, 때로는 침대에서 깨어 있는 상태로 꼼짝하지 않고 그냥 방관자가 되어 산장이 빚어 내는 시끌벅적한 소리를 듣는 게 좋았다. 식사 시간이 되면 아래는 식기와 접시가 쌓이면서 내는 금속성소리, 서로 겹쳐서 들리는 높은 목소리들, 웃음소리, 스키 캠프 교사와 선생님이 아이들을 가볍게 으르는 소리로 가득 찼다. 선생님은 매시간마다 니꼴라를 살펴보러 올라왔고, 파트릭도 한 번 올라왔다. 파트릭도 선생님처럼 이마를 짚어 주고 니꼴라에게 정말 괴짜 녀석이라고 말했다. 니꼴라는 생명을 구해 줘서 고맙다고 말하고 싶었지만, 아랍의 왕세자들 사이에 쓸 말이 아닌 것 같아서, 또 너무 센티멘털하게 들릴 것 같아 입 밖으로 내지 않았다. 밤이 되자 선생님이 니꼴라에게 엄마한테 전화를 걸어야겠다고 말했다. 아침에 니꼴라가 자고 있는 동안 전화를 하긴 했는데, 지금 다시 안부를 전해 줘야 하겠다고. 원하면 엄마하고 통화를 해도 좋았다. 니꼴라는 아직 전화 통화를 할 정도로는 회복이 되지 않았다는 뜻으로, 맥없이 한숨을 쉬고는 선생님이 말하는 내용만 듣고 있었다. 니꼴라가 열이 많다는 사실, 물론 니꼴라에게는 안된 일이지만, 그래도 아뇨, 집에 돌려 보낼 정도는 아니에요, 하고 말하는 게 들렸다. 게다가 니꼴라를 데려다 줄 사람도 없었다. 그러고 나서 몽유병 얘기를 꺼냈다. 선생님은 이런 경우가 아주 드문 건 아니지만, 그래도 지금까지 이런 사실을 모르고 지냈다는 것이 신기하다고 말했다. 니꼴라는 엄마의 대답에 이어지는 말로 봐서 엄마가 완강하게 그렇지 않다고 얘기하고 있다는 사실을 느꼈다. 니꼴라는 지금까지 한번도 몽유병 증세를 보인 적이 없다고. 마치 그게 엄마 탓으로 돌릴 수 있는 무슨 부끄러운 병이라도 되는 듯, 엄마가 고집스럽게 부인하고 있다는 사실이 니꼴라의 화를 돋우었다. 그는 선생님이 간밤에 있었던 일을 몽유병 때문이라고 생각하는 게 다행이라고 느꼈다. 니꼴라 자신은 이를 해명할 필요가 없었다. 그건 그의 잘못이 아니고 그의 의지로 어쩔 수 있는 일도 아니었다. 사람들은 니꼴라를 가만히 내버려두었다.

「니꼴라 바꿔 드릴게요······.」

선생님이 엄마에게 말했다. 그러고는 니꼴라가 짐짓 애원하는 표정을 짓는 걸 보고 서둘러 말했다.

「······네, 그런데 니꼴라가 지금 자고 있네요.」

니꼴라는 선생님에게 감사하다는 미소를 짓고는 다시 몸을 웅크려 침대 속으로 파고들었다. 몸 전체가 일렁였다. 베개 속에 얼굴을 파묻은 채, 니꼴라는 이번에는 자신만을 위해 혼자 웃음을 지었다.

18

 니꼴라는 푹 잤다. 다음날은 정말 더할 나위 없이 행복했다. 아침에 파트릭이 사무실에 들어와 아랍의 왕세자들끼리만 통하는 미소를 지으며 선생님을 그만큼 차지했으면 됐다며, 눈이 많이 내렸으니 선생님이 오늘도 스키 탈 기회를 놓친다는 건 말도 안 된다고 했다. 그렇다고 니꼴라를 산장에 혼자 두고 갈 수도 없으니 함께 가자고 했다. 강제로 스키를 타야 하지 않을까 겁이 난 니꼴라는 몸이 별로 안 좋다고 말하고 싶었다. 그런데 이미 파트릭은 니꼴라에게 옷을 입히기 시작했다. 잠옷 위에 따뜻한 옷을 여러 벌 겹쳐 입히고는, 이러고 나니까 니꼴라가 꼭 데굴데굴 굴러다닐 것처럼 뚱뚱하다고 웃으면서 말했다. 그러고는 〈마지막 한 겹〉이라고 하더니 똥돼지를 침대 위에 눕히고 그 위에 담요를 얹어 둘둘 감았다. 그런 다음 겨우 눈만 빠끔히 내다보이는 꾸러미 니꼴라를 들었다. 이렇게 꾸러미를 든 파트릭은 계단을 내려가서 반 아이들이 점심 식탁을 물리고 출발 준비를 하고 있던 큰 방으로 발을 들여놓았다.

「이 꼬질꼬질한 빨래 뭉치 좀 봐라.」

파트릭이 우스갯소리를 하자 마리 앙주가 와락 웃음을 터뜨렸다. 아이들이 그들 주위로 빙 둘러 모여들었다. 파트릭의 팔에 안긴 니꼴라는 마치 늑대 무리를 피하기 위해 나무 위로 기어 올라간 듯한 느낌이 들었다. 이 늑대 떼가 언제 으르렁거리며 침을 질질 흘리고 나무 밑동을 할퀴어 댈지 모르는 일이었으나, 니꼴라는 제일 높다란 나뭇가지 위에 안전하게 있었다. 니꼴라는 오드칸이 이렇게 원을 그리고 있는 늑대 무리에 섞이지 않고, 조금 떨어진 곳에서 이 상황에는 전혀 관심도 없는 듯 책을 읽고 있는 것을 보았다. 그들은 이틀 전부터 말을 건네지 않고 있었다.

전세 버스 안에서 파트릭은 니꼴라를 위해 두 개의 좌석에다 큰 베개 하나를 가지고 침대 비슷하게 꾸며 주었다. 마리 앙주는 니꼴라가 완전히 신선 놀음을 하고 있다며, 파트릭이 계속 이러다간 애 버릇 망치겠다고 했다. 다른 아이들이 뒤에서 술렁술렁하며 놀리고 있었지만, 니꼴라는 들은 척도 하지 않았다.

「자, 이제 카페로!」

그들이 마을에 도착하자 파트릭이 말했다. 파트릭은 여전히 담요에 둘둘 싸여 있는 니꼴라를 다시 팔에 안고 스키장 활강로 아래쪽에 있는 동네 카페로 데리고 갔다. 콧수염이 달린 덩치 좋은 남자 주인과 이런저런 얘기를 하면서 파트릭은 니꼴라를 창문 옆자리에 편안하게 내려놓았다. 이곳에서는 소나무 모양이 조각된 목재 발코니를 통해 초보자들을 위한 스키 강습이 진행되고 있는 낮은 경사면이 눈에 들어왔다. 벌써 아이들은 스키를 신고 폴을 휘둘러 대고 있었고, 마리 앙주와 선생님은 정신이 휘둘릴 정도로 바빠 보였다. 니꼴라는 이런 모든 것을 피할 수 있다는 사실이 내심 만족스러웠다. 파트릭은 니꼴라에게 그다지 재미는 없어도 심심풀이가 되는 만화책을 한 아름 안기고는, 뭘 마시겠느냐고 물었다.

「따뜻한 포도주 한 잔 주는 게 좋겠소. 기분좋게 더 빨리 병이 나을 테니.」

주인이 말했다. 파트릭은 코코아를 주문하고, 니꼴라의 머리를 쑤석이듯 쓰다듬고는 밖으로 나갔다. 창문 뒤쪽을 지나 그는 다른 사람들과 합류했다. 모두가 파트릭만이 어떤 문제라도 해결할 수 있다고 믿는 듯, 세이프티 바인딩에 결함이 있는 경우나 장갑을 잃어버렸을 때나 스키 부츠가 제대로 조여지지 않았을 때, 이 모든 상황을 농담으로 웃어넘기며 해결해 달라는 듯 그쪽으로 돌아다보았다.

니꼴라는 스키 강습이 진행되는 3시간 동안 카페에 남아 있었다. 카페 안에는 니꼴라말고는 아무도 없었다. 주인은 니꼴라에게 전혀 신경도 안 쓰고 점심 식사 테이블을 차리고 있었다. 니꼴라는 미라처럼 담요에 꽁꽁 싸여 베개에 딱 붙어 있는 자세가 아주 편했다. 지금까지 살면서 이렇게 좋았던 적이 없었다. 그는 열이 한참 동안 내리지 않아서 내일도, 모레도 그리고 스키 캠프 내내 이랬으면 하고 바랐다. 얼마나 남았지? 산장에서 벌써 사흘 밤을 보냈으니까, 한 열흘쯤 남았을 것이다. 이 열흘 동안 계속 아파 아무것도 하지 않아도 되고, 담요에 싸여진 자신을 파트릭이 들어준다면 정말 꿈만 같을 것이다. 니꼴라는 벌써 떨어지는 게 느껴지는 열을 그대로 유지하려면 어떻게 해야 할까 하고 생각해 보았다. 귀도 더 이상 윙윙거리지 않았고 오한을 느끼려면 몸을 억지로 으스스 떨어야 했다. 가끔씩, 마치 의식을 반쯤 잃은 것처럼 가느다란 신음소리를 내기도 했지만, 곧 자신의 의지와는 무관하게 몸이 움직였다. 사람들이 그를 몽유병자로 믿고 있는 한, 어쩌면 밤에 다시 밖으로 나가 병이 낫지 않게 하고, 사람들이 계속 자신을 걱정하게 만들 수도 있을 터였다.

그럴듯했다, 이 몽유병 스토리가. 니꼴라는 처음에는 야단을 맞을까 겁이 났다. 하지만 다행히 병이라는 사실 때문에 사람들은 전혀 그를 야단치지 않았고, 아무것도 물으려 하지 않았다. 그보다는 니꼴라를 측은하게 여기는 것 같았다. 그는 이상한 병을 앓고 있었고, 사람들은 언제 이 병이 재발할지, 어떻게 하면 재발을 막을 수 있는지 모르고 있는 것이다. 그렇다. 정말 그럴듯하지 않은가. 니꼴라 부모님이 믿지 않는 기색이어도 선생님은 부모님을 설득할 것이다. 니꼴라가 몽유병이래, 집안 식구들이 수군거릴 것이다. 그렇지만 니꼴라 앞에서는 이런 얘기를 하지 않을 것이다. 원래 아이들이 심각한 병을 앓고 있을 때, 그 아이 앞에서는 얘기를 꺼내지 않는 법이니까. 몽유병 환자라는 사실이 어떤 측면에서 심각한 것인가? 니꼴라가 생각하는 좋은 점말고, 과연 몽유병 때문에 실제로 어떤 문제가 생길 수 있을까? 일전에 그는 몽유병 환자가 발작을 하는 동안 깨우는 게 위험 천만하다고 들은 적이 있다. 그런데 도대체 뭐가, 누구한테 위험하다는 말인가? 어떤 상황이 초래될 수 있을까? 그가 죽거나 미쳐 버리기라도 한단 말인가? 아니면, 잠을 깨운 사람의 목을 조르고 싶어지기라도 한단 말인가? 만약, 몽유병 환자가 발작 상태에서 무슨 심각하고 끔찍한 일을 저지른다면, 이건 그 사람 잘못인가? 분명 그렇지 않다. 몽유병일 때 좋은 점 또 한 가지는 환자 행세를 하는 사람의 정체를 벗기기가 어렵다는 데 있다. 감기에 걸렸다고 하려면 열이 있어야 하고, 사람들은 그것을 확인할 수 있다. 하지만 니꼴라가 매일 밤 앞으로 손을 뻗고 초점 없는 눈으로 걸어다니기 시작하면, 사람들은 괜히 관심을 끌려고 저러는 게 아닌가, 혹은 이를 핑계삼아 해서는 안 될 행동을 하려고 꾀병을 부리는 건 아닌가, 하고 의심할 수는 있지만, 확신이 없기 때문에 그걸 가지고 니꼴라를 비난할 수 없을 것이다. 특수한 기술이 있지 않은 이상 말이다. 겁이 슬슬 난 니꼴라는 아버지가 차 트렁크에서 표시판과 바늘이 있는 기계와 헬멧을 꺼내 자신의 이마에 두르고는 그가 밤에 일어날 때 의식이 깨끗한 상태라는 것, 니꼴라가 하는 행동은 전적으로 그의 책임이며, 그가 사람들을 속이려 하고 있다는 사실을, 전혀 반박할 여지 없이 입증해 버리는 장면을 그려 보았다.

　니꼴라가 아픈 이후로는 아버지 얘기가 한번도 거론된 적이 없었다. 첫날, 아버지가 돌아오기를, 아니면 적어도 전화로 소식이나 전하지 않을까 기다렸다. 아버지가 틀림없이 트렁크를 열고 그 안에서 가방을 발견할 것이므로, 당연히 그럴 것이라 생각했다. 하지만 아버지가 살아 있다는 낌새조차 없으므로, 이제 더 이상 아버지한테 기대를 하지도, 언제 도착할까 궁금해 하지도 않게 되었다. 마치 이런 침묵은, 니꼴라가 상상했던 대로 아버지가 사고를 당했고, 사람들이 그걸 알고 있음을 의미하는 것 같았다. 도로변에서 아버지를 발견한 지 3일이 지났으면, 엄마도 이 사실을 알고, 자연히 니꼴라도 알게 되었을 것이다. 사람들이 최대한 늦게 니꼴라에게 이 사실을 알려야겠다고 마음먹었어도, 그들의 태도에서 무슨 심각한 일이 벌어졌구나 하는 감을 잡았을 것이다. 그런데 아니다. 이상했다, 이 수수께끼. 사람들 모두가 그렇게 쉽게 이 사실에 무관심해져 버려 더 이상 의식조차 하지 못하고 있는 것 같다는 현실이. 니꼴라조차도 해볼 만한 가정이 더 이상 없어 생각을 않고 있던 상태였다. 그는 단지 아버지가 돌아오지 않았으면, 스키 캠프가 이렇게 계속 되었으면, 내내 오늘 같았으면, 열이 떨어지지 않았으면, 하고 바랐다. 그는 창에 서린 김과 조각된 소나무 사이로 밖을 내다보았다. 완만한 경사면에서 파트릭이 폴을 꽂아 놓고 있었고, 아이들은 이 사이를 지그재그로 움직여야 했다. 몇몇 아이들은 벌써 스키를 탈 줄 알았고, 타지 못하는 아이들을 놀려 주고 있었다. 막심은 주저앉은 채 내려오고 있었다. 니꼴라는 더웠다. 눈을 감았다. 편안했다.

19

 헌병들은 어깨에 가죽을 덧댄 감색 스웨터를 입고 있었다. 그들은 조끼나 오버코트도 걸치지 않고 있었기 때문에, 담요 속에 둘둘 감겨 있는 니꼴라는, 이 사람들이 무지하게 춥겠구나, 하는 생각이 제일 먼저 났다. 헌병들이 문을 밀고 들어오자 카페 안으로 차가운 공기가 몰려들어왔고, 그들 뒤에 바싹 딸려 회오리 눈이라도 들이치겠다고 생각했다. 카페 주인은 바 뒤의 마룻바닥에 난 출입문을 통해 지하실로 내려간 뒤였다. 넉넉히 1분은 지났는데도 홀의 인기척에 주인은 올라오지 않았다. 그래서 니꼴라는 마치 자기가 손님을 맞아야 할 것처럼 느꼈다. 다른 상황에서라면 이런 역할을 해야 한다는 게 무척 겁이 났겠지만, 열이 있는 데다 특히 몽유병 환자로 인식되고 있다는 사실이 니꼴라에게 마치 모든 죄를 미리 용서받은, 행동에 따르는 모든 결과로부터 자유로운 사람이나 가질 법한 그런 대담함을 보이게 했다. 자기가 앉은 자리에서 꽤나 큰 소리로, 〈안녕하세요〉 하고 말했다. 정신없이 부츠에 붙은 눈을 털어 내고 있던 헌병들은 니꼴라가 있는지 모르고 있던 상황이라, 마치 어딘가 앵무새 새장이라도 걸려 있기를 기대하는 듯, 두리번거리며 목소리의 주인공을 찾았다. 니꼴라는 순간 자신이 투명 인간이 된 것처럼 느꼈다. 헌병들을 도와주기 위해 니꼴라는 약간 몸을 움직였다. 어깨 위로 담요가 흘러내렸다. 이때 두 명의 헌병이 동시에, 김이 서린 창문 옆에서 빈둥거리고 있는 니꼴라를 발견했다. 그들은 재빨리, 불안한 눈길을 주고받더니 니꼴라 곁으로 다가왔다. 아무리 열이 오른 상태에다 몽유병이 있는 니꼴라라 하더라도, 순간 바보짓을 했구나, 늑대 아가리 속으로 뛰어든 셈이구나, 가짜 헌병들한테 걸려들었는지도 모르겠다, 하는 생각이 들어 겁이 덜컥 났다. 니꼴라를 내려다보며 서서 그들은 아무 말 없이 니꼴라를 뚫어지게 쳐다보았다. 그러고는 다시 한번 눈길을 주고받았다. 그들 중 키가 큰 헌병은 고개를 가로 저었고, 다른 헌병은 마침내 니꼴라에게 말을 걸어, 여기서 뭘 하고 있냐고 물었다. 니꼴라는 상황을 설명했다. 하지만 조금 전 자신이 빌미를 줘 생긴 짧은 긴장의 순간이 지나간 지금, 자신의 대답이 별로 그들의 흥미를 끌지 못하고 있음을 느꼈다.

「그래, 좋다. 그러니까, 너 혼자가 아니란 말이지.」

안도한 키 큰 헌병이 결론을 지었다. 이때 마룻바닥의

출입문으로 주인이 나타났다. 헌병들은 니꼴라를 뒷전으로 하고 주인 쪽으로 갔다. 헌병들에게 근심거리가 있었던 것이다. 사실인즉, 여기서 몇 킬로미터 떨어진 파노시에르라고 하는 작은 마을에서 어린아이가 한 명 실종됐다는 것이다. 이틀 전부터 아이를 찾고 있지만 아직까지 찾지 못했다는 것이다. 니꼴라는 헌병들이 자신을 보면서 무엇을 기대했는지 알게 되었다. 그리고 어찌 됐든 자신도 그렇게 될 뻔했구나 하고 생각했다. 그러니까 이틀 전이라면 니꼴라도 그렇게 되기 일보 직전까지 갔던 그때, 바로 소년이 실종됐다는 얘기가 된다.

어려서 니꼴라는 〈5인의 꼬마 탐정〉과 〈7인의 꼬마 탐정〉이라는 모험담을 읽은 적이 있었다. 그 가운데 다음과 같은 줄거리로 시작하는 이야기가 생각이 났다. 꼬마 탐정 한 명이 어른들이 하는 얘기를 엿들으며 미궁에 빠진 한 사건의 냄새를 맡게 되어, 다른 꼬마 친구 탐정들과 함께 나중에 사건의 전모를 밝히게 된다는 이야기다. 니꼴라는 수사관들을 제치고 먼저 실종된 아이를 찾아내어 헌병대에 데려다 주고 나서, 뭐 별로 어려운 일도 아니었고 차분히 생각을 해보았을 뿐이라고, 다행이 운이 따라 주었다고 겸손하게 얘기하는 장면을 머릿속에 그려 보았다. 사람들에게 들리도록 목소리를 크게 하면서도 갈라지는 고음을 내지 않으려고 애쓰면서, 니꼴라는 실종된 아이가 몇 살이냐고 물었다. 헌병들과 카페 주인이 놀라서 니꼴라 쪽을 돌아보았다.

「아홉 살이란다.」
한 헌병이 대답했다.
「그리고 이름은 르네란다. 우연히라도 본 적 없니?」
「글쎄요.」
니꼴라가 말했다.
「혹시 사진 있으세요?」

헌병은 니꼴라가 사건 수사의 전면에 나서는 것을 보고 점점 더 놀라는 것 같았다. 하지만 이 지역에 붙이기 위해 막 인쇄를 끝낸 실종 전단밖에 없다고 순순히 대답해 주었다. 그러고는 가방에서 전단 한 뭉치를 꺼내어 니꼴라에게 보여 주었다.

「그래, 보니까 뭐 생각나는 거라도 있니?」

사진은 흑백이었고, 복사된 사진의 질도 별로 좋지 않았다. 그럼에도 불구하고 르네가 금발의 상고머리에 안경을 끼고 있다는 사실을 알 수 있었다. 웃는 모습에서, 진짜 이가 한 개 없는 게 아니라면 너무 많이 벌어져 있는 앞니가 보였다. 실종 전단에는 르네를 마지막으로 보았을 당시, 빨간색 파카와 베이지색 비로드 바지에 새로 산 예티 상표 방한 부츠를 신고 있었다고 적혀 있었다. 니꼴라는 전단을 꽤 오랫동안 들여다보았다. 헌병들은, 자신이 뭐라도 된 듯 착각하는 이 꼬마를 보고 신경이 거슬렸다. 니꼴라는, 그러면서도 어쨌든 한 가지 단서라도 놓쳐서는 안 된다고 생각하고 있는 헌병들의 잔뜩 궁금한 눈초리가 자신에게로 쏠리고 있다는 사실을 느꼈다. 니꼴라는 이 흡족

한 기분이 어느 정도 지속되게 놔두다가 결국 고개를 저으면서, 아니, 본 적이 없는 아이라고 대답했다. 그러자 헌병이 전단을 다시 집어 넣으려고 했지만, 니꼴라가 반 아이들이 머무르고 있는 산장에 붙이는 게 어떻겠느냐고 제안했다. 헌병이 어깨를 으쓱해 보였다.

「지금 상황에서 그렇게 해보는 것도 뭐 나쁘기야 하겠어?」

바에 등을 기대고 있던 동료 헌병이 말했고, 니꼴라는 자신의 전리품을 그대로 지니고 있을 수 있었다. 이렇게 걱정을 하는 걸 보면서 지루해진 기색이 역력한 카페 주인은, 단순 가출이지 그 이상 심각한 일은 아닐 것이라고 말했다.

「그러길 바라야겠죠.」

헌병 한 명이 말했다. 그런데 바 앞에 있던 다른 한 명이 한숨을 내쉬더니 이렇게 말했다.

「저는 진짜 이런 전단들만 보면 미칠 것 같아요. 지금, 사실 당신은 수많은 전단들 중 하나만 보고 있는 거요. 그리고 아직 그 꼬마를 찾을 희망이라도 있는 상태지요. 그런데 헌병대에 가면 완전히 한 벽보판 전체에 이런 전단들이 붙어 있어요. 개중에는 벌써 몇 년이나 지난 것들도 있어요. 3년, 5년, 10년 된 것들도 있어요. 처음에는 찾아보다가 나중에 가서는 어쩔 수 없이 찾는 걸 중단하게 되지요. 우리도 전혀 어떻게 됐는지 모르고 실종된 아이의 부모도 몰라요. 아마도 부모들은 희망을 버리지 않고 있겠지요. 적어도 항상 그 일이 부모들 머릿속에서 떠나지는 않겠지요. 한번 생각해 보셨어요? 이런 일이 생기면 달리 무슨 생각을 할 수 있겠어요?」

그 헌병은, 금방이라도 카운터를 세게 머리로 받기라도 할 기세로, 뚫어지게 사진을 쳐다보고 고개를 가로 저으면서 낮게 소리를 깔며 말했다. 동료 헌병과 카페 주인은 그가 이렇게 갑작스럽게 감정이 북받치는 걸 보고 적잖이 당황한 듯했다.

「그래요. 쉽지 않은 일이지요……」

화제를 바꿔 보려는 마음으로 주인이 수긍했다. 그런데 헌병이 여전히 고개를 휘젓더니 다시 이렇게 말하였다.

「부모들이 뭐라고 얘기할 수 있겠어요? 네? 아들 녀석이 죽었다고? 차라리 아이가 죽은 편이 낫다고? 아니면 많이 커서 어딘가에라도 살아 있다고? 여기저기서 아이를 봤다는 소리가 들리지요. 아이의 파카를 봤다, 방한 부츠를 봤다, 키는 112센티미터고 몸무게는 31킬로그램이다. 그러고는 날짜를 봐요. 7년이 지났어요. 7년째 112센티미터에다 31킬로그램이라, 이게 도대체 무슨 말입니까? 이게?」

헌병은 울음을 터뜨릴 뻔하다가 겨우 마음을 가다듬었다. 그리고 마치 속을 다 비워 내기 위해서인 듯, 다른 사람들에게 사과하는 것처럼, 〈이제 다 끝났고 지나간 일이다. 걱정 말라〉는 말투로 여러 번 나지막하게 말했다.

「제기랄, 그러니 도대체 이게 무슨 말이냐고?」

20

 열이 이미 내렸으니, 사실 그는 이제 아프지 않았다. 그런데 니꼴라의 소원대로 스키 캠프가 끝날 때까지 마치 계속 아프기라도 한 것처럼, 니꼴라가 이 자리를 한번 차지했으니 그대로 지키고 있는 것이 모두에게 편하기라도 한 것처럼, 모든 것이 전과 다름 없이 지나가고 있었다. 신경을 써서 니꼴라의 체온을 살피고 약을 주면서 친구들과 이렇게 따로 떨어져 지내는 게 당연하게 비치도록 하려고 애쓰는 모습조차 보이지 않았다. 선생님과 스키 교사들은 니꼴라가 다른 아이들처럼 스키 강습을 받고 친구들과 같이 밥을 먹고 같은 침실에서 잘 수 있다는 사실을 그야말로 잊어버린 듯했다. 그들은 이틀 전부터 니꼴라의 침실이 되어 버린 작은 사무실로 들어올 때마다 담요를 둘둘 감고 때로 책을 읽느라 정신이 빠져 있거나, 대부분 공상을 하면서 긴 의자에 드러누워 있는 니꼴라를 보았다. 그러고는 전화를 하거나 서류를 찾으면서 니꼴라에게 미소를 지어 보이고, 마치 애완 동물에게 하듯, 아니면 니꼴라보다 훨씬 어린 아이에게 하듯, 몇 마디 다정한 말을 건넸다. 사무실 문은 열어 두었다. 가끔, 아이들이 한 명씩 고개를 들이밀고는 몸은 좀 어떤지, 필요한 건 없는지 물어 보기도 했다. 아이들이 아주 잠깐 동안 다녀가곤 했는데, 이들에게서 적의가 느껴진 건 아니었지만, 그렇다고 이렇다 할 만한 얘기가 오가는 것도 아니었다. 오드칸은 니꼴라를 찾아오지 않았다.

카페에 헌병들이 다녀갔던 날 오후, 다른 아이들처럼 뤼카가 니꼴라에게 안부를 물으러 왔는데, 니꼴라는 뤼카를 붙잡고 한 가지 부탁을 했다. 오드칸이 꼭 들러 줘야 한다고, 오드칸에게 할말이 있다고 전해 달라고. 뤼카가 그러겠다고 약속하고는, 바닥에 몸을 둔탁하게 부딪는 소리가 들려 오는 1층으로 내려갔다. 파트릭이 아이들에게 가라테 입문 수업을 시키고 있는 중이었다.

니꼴라가 저녁때까지 기다렸지만 헛수고였다. 오드칸이 오고 싶지 않은 걸까? 아니면 뤼카가 얘기를 전하지 않은 걸까? 저녁 식사 시간이 오고, 다시 취침 시간이 되었다. 언제나처럼 시끌벅적했다. 한참을 그러더니 잠잠해졌다. 큰 방에서, 무슨 말인지 알아들을 수는 없지만, 스키 캠프 교사들과 선생님의 목소리가 들려 왔다. 이제 잠자리에 들기 전 습관이라도 된 듯 담배를 피우고 차를 마시면서 이런저런 얘기를 나누고 있었다. 바로 이때 오드칸이 사무실로 들어왔다.

그가 아무 기척도 내지 않았기 때문에 니꼴라는 무척 놀랐다. 니꼴라가 미처 어떤 상황이 벌어질지 예상도 하기 전에 오드칸이 잠옷 차림으로 앞에 서 있는 것이었다. 니꼴라를 매섭게 쳐다보면서. 오드칸의 얼굴에서, 이렇게 멋도 모르고 깝죽대는 녀석한테 불려 오는 게 생전 처음이며 어떤 일로도 자기를 귀찮게 하지 않았으면 좋겠다는 뜻을 읽을 수 있었다. 오드칸은 입을 떼지 않았다. 니꼴라가 먼저 운을 떼어야 하는 상황이었다. 니꼴라도 침묵을 깨고 싶지 않아서 베개 밑에서 전단을 꺼내 오드칸에게 보여 주기 위해 펼쳤다. 머리맡에 있는 작은 전기 스탠드에서 방 안으로 살폿한 오렌지색 불빛이 스며 나왔고, 전구에서 나는 게 틀림없는 들릴락말락한 윙윙거림이 방 전체로 퍼져 나가고 있었다. 아래에서는 계속 어른들의 말소리가 서로 뒤섞여 평화롭게 들려 오고 있었고, 간혹 시원스럽게 웃는 파트릭의 웃음소리가 뒤따르기도 했다. 오드칸은 서두르지 않고 전단을 살펴보았다. 먼저 입을 여는 사람이 지도록 되어 있는 일종의 결투가 시작되어 있는 상태였다. 니꼴라는 자신이 지는 편이 낫다고 판단하였다.

「오늘 아침, 카페에 헌병들이 왔어. 이틀 전부터 그 아이를 찾고 있어.」

니꼴라가 말했다.

「나도 알고 있어. 마을에서 전단을 봤어.」

오드칸이 냉담하게 말했다.

니꼴라는 어쩔 줄을 몰랐다. 오드칸에게 비밀을 알려 준다고 믿고 있었는데, 이미 모든 사람들이 알아 버린 뒤였다. 침실에서 아이들이 이 얘기만 하고 있을 게 틀림없었다. 니꼴라는 오드칸이 전단을 돌려줬으면 했다. 이 전단은 그의 유일한 재산이자 이 사건에서 다른 아이들보다 하나 더 가지고 있는 유일한 카드였다. 그런데 어리석게 벌써부터 이 카드가 남의 손에 들어가게 했으니…… 이제 오드칸이 왜 자기를 불렀느냐, 할말이 뭐냐고 물을 터였다. 그런데 니꼴라는 이미 할말은 다한 상태였다. 이제 오드칸이 화를 낸다면, 천하없이 그를 깔본다고 해도 그건 니꼴라의 몫일 것이다. 오드칸은 이 방에 들어서는 순간부터 전단 너머로 매몰차고 뚫어지게 니꼴라를 쳐다보았다. 그는, 자신 때문에 희생양이 느끼고 있을 거북함 따위는 전혀 개의치 않고, 이렇게 몇 시간이라도 있을 기세였다. 니꼴라는 이런 긴장감을 참지 못하겠다고 생각했다.

바로 이때, 종잡을 수 없는 오드칸답게 그가 침묵을 깼다. 얼굴 긴장을 풀더니, 니꼴라 옆 침대 가장자리에 아무렇게나 앉으며 물었다.

「사건의 단서가 있니?」

단번에 둘 사이에 가로놓였던 적대감이 녹아 내렸다. 니꼴라는 이제 무섭지 않았다. 도리어 그가 여러 차례 꿈꿔 왔던, 5인의 꼬마 탐정의 멤버들을 하나로 묶어 주었던 은밀한 공모 의식이 오드칸에게서 느껴졌다. 한밤중, 손전

등 불빛 아래서, 니꼴라와 오드칸은 모두가 잠든 사이 미궁에 빠진 사건을 해결하려고 애쓰고 있는 것이다.

「헌병들은 가출이라고 생각하고 있어. 가출이라고 믿고 싶은 거겠지.」

니꼴라가 말을 꺼냈다.

오드칸은 마치 자신이 니꼴라를 훤히 알고 있는 듯, 니꼴라가 어떤 쪽으로 자신을 끌고 갈지 다 예상하고 있는 듯, 정감 있으면서도 빈정대는 말투로 웃으면서 니꼴라의 얘기에 덧붙여 말했다.

「그럼 너는, 그걸 믿지 않는다는 말이지.」

그러고는 아직도 무릎 위에 펼쳐져 있는 전단을 한번 내려다보고 말했다.

「네가 볼 때는 얘가 가출할 애 같지는 않다는 말이지.」

니꼴라가 정말 이런 식으로 생각을 해본 건 아니었지만, 이 논리가 얼마나 엉성한지는 확연히 보였다. 하지만 이렇다 할 만하게 다른 논거를 댈 수 없어, 그냥 수긍하고 말았다. 오드칸은 르네를 찾기 위해 사건 수사의 미로로 들어가자는 니꼴라의 제안을 받아들인 상태였다. 니꼴라는 벌써 오드칸과 함께 비밀 통로를 발견하고 해골이 널브러져 있는 축축한 지하를 탐색하고 있는 자신의 모습을 떠올리고 있었다. 어차피 수사를 시작할 단서가 하나도 없는 이상 까다롭게 굴지 않는 편이 낫다. 갑자기 정신이 번쩍 들 만한 생각이 하나 떠올랐다. 아버지는 니꼴라에게 이 얘기를 절대로 하지 말라고, 병원 책임자들이 아버지에게 가지고 있는 신의를 저버려서는 안 된다고 당부했었지만, 니꼴라는 이를 아랑곳하지 않았다. 오드캉과 르네는 그럴 만하니까.

「나한테 그럴듯한 생각이 하나 있긴 있는데…….」

니꼴라가 조심스럽게 말을 꺼냈다.

「말해 봐.」

오드캉이 명령했다. 그리고 니꼴라는 더 이상 오드캉의 애간장을 태우지 않고 아이들을 납치해서 사지를 절단하는 장기 매매꾼들에 대한 얘기를 순순히 해주었다. 자기 생각에는 르네도 이런 일을 당한 것 같다고.

「어떻게 그런 생각을 하게 됐는데?」

오드캉이 믿지 못하겠다기보다는 오히려 잔뜩 호기심이 배인 말투로 물었다.

「아무한테도 말해서는 안 돼.」

니꼴라가 설명을 시작했다.

「그날 밤 내가 산장 밖으로 나갔던 건 몽유병이 발작해서 그랬던 게 아냐. 잠을 이루지 못하고 있었는데, 어느 순간 복도 창문에서 주차장에 불빛이 있는 게 보이더라. 한 남자가 손전등을 들고 걸어다니고 있는 거야. 이상하게 생각돼서 아래로 내려갔지. 그리고 몸을 숨긴 채 그 남자를 쫓아 도로에 세워져 있는 트럭까지 갔어. 흰색 트럭이었는데, 그런 사람들이 수술대를 숨겨 놓는 트럭과 꼭 같은 거였어. 그 남자가 트럭에 올라타더니 출발하는 거야. 헤드라이트는 꺼져 있었고, 소리를 내지 않으려고 그 남자가 시동도 걸지 않았는데 차가 술술 도로를 내려가고 있는 거야. 내가 얼마나 수상하게 여겼는지 알겠지. 나는 장기 매매꾼들 얘기가 다시 생각이 났고, 이들이 누군가가 혼자 산장에서 나오기를 기다리며 주변을 어슬렁거리는 게 틀림없다고 생각했지.」

「그렇다면 너 큰일날 뻔했구나.」

오드칸이 나지막이 말했다. 니꼴라는 이 얘기가 오드칸을 사로잡고 있다고 느끼면서 자신이 맡은 새 배역을 한껏 즐기고 있었다. 이 줄거리는 갑자기 떠올랐고, 그는 생각나는 대로 말했을 뿐이었다. 그런데 니꼴라 앞에 벌써 완전히 골격을 갖춘 얘기로 탈바꿈해 있었다. 니꼴라의 병부터 시작해서, 요 며칠 동안 일어났던 일들이 다 이유가 있었던 셈이다. 니꼴라는 범인들의 의심을 잠재우고 은밀히 감시하기 위해 자기처럼 아프고 정신이 나간 척, 연기하는 탐정이 등장하는 책을 떠올렸다. 바로 니꼴라 자신이 이틀 전부터 하는 행동과 똑같았다. 이 책에서는 여기저기 정보원이 많기는 하지만, 탐정에 비해 머리가 뒤떨어지는 인물인 탐정의 조수는 자기 상사가 수수방관만 하고 있다고 믿고 나름대로 최선을 다하며 혼자 사건을 수사한다. 나중에 결국 탐정은 사실을 털어놓고, 그동안 속여 온 일을 고백한다. 탐정은 가만히 있으면서도, 수없이 미행을 하고 심문을 해온 조수보다 훨씬 빨리 미궁에 빠진 사건을 해결하는 데 접근했던 것이다. 탐정 이야기에 흠뻑 취한 니꼴라는, 오드칸과 자기가 이렇게 역할을 분배하는 게 그럴듯하다는 생각까지 했다. 정말 놀라운 일은 오드칸도 이를 당연하게 받아들이고 있는 것처럼 보인다는 사실이었다. 그 둘은, 간과 콩팥, 눈, 신선한 몸뚱이들이 잔뜩 들어 있는 산장 주변에 매복해 있다가, 기다려도 기회가 오지 않자 이웃 마을에 사는 꼬마, 불행히도 근처를 혼자 지나가던 어린 르네를 잡아 만회하려는 장기 밀매꾼들의 모습을 상상했다. 앞뒤가 맞아떨어지는 얘기였다. 정말 한 치도 어김없이 완벽하게.

「그런데……」

오드칸이 갑자기 걱정하기 시작했다.

「왜, 아무한테도 얘기하면 안 되는 거지? 그게 사실이라면 정말 심각한 일인데, 경찰에 알려야지.」

니꼴라가 비웃듯이 오드칸을 쳐다보았다. 오늘 밤, 너무도 순진하고 당연한 얘기를 물어 오는 것은 오드칸 쪽이었고, 알쏭달쏭한 대답으로 그를 꼼짝못하게 만드는 것은 니꼴라 쪽이었다.

「경찰들이 우리 얘기를 믿지 않을 거야.」

니꼴라가 말을 꺼냈다. 그러고 나서는 목소리를 조금 더 낮추면서 말했다.

「경찰이 우리 얘기를 믿으면 그건 더 큰일이야. 왜냐하면, 경찰 내부에 장기 매매꾼들의 공범이 있으니까.」

「너 어떻게 그걸 아는데?」

오드칸이 물었다.

「아버지 때문에. 아버지는 직업상 의사를 여러 명 알고 있거든.」

니꼴라가 기세 당당하게 말했다.

이 모든 것이 자기가 꾸며 낸 얘기라는 사실을 까맣게 잊고 말하고 있는 동안 니꼴라에게 또 한 가지 새로운 생각이 떠올랐다. 어쩌면 아버지가 오지 않는 것도 이 이야기와 어떤 연관이 있을 수 있지 않을까 하는. 만약 아버지가 장기 매매범들의 범행 장면을 목격하고, 이들의 뒤를 정말 쫓으려 하기라도 했다면? 만약 아버지가 이들의 인질이 되었거나, 이들이 혹 아버지를 죽이기라고 했다면? 정말 허술한 가정이긴 해도, 니꼴라는 이것을 오드칸에게 털어놓았다. 그러고는 개연성을 좀더 높이기 위해 또다시 얘기를 꾸며 냈다. 그리고 이것도 절대 얘기해서는 안 된다고 말하면서, 사실 니꼴라 아버지가 경찰들 모르게 혼자서 이 사건을 수사하고 있다고 말했다. 직업은 위장용으로 가지고 있으면서 병원 업계에 있는 친분 있는 사람들의 도움을 받아 장기 매매범들의 뒤를 쫓고 있다고. 바로 이런 이유 때문에 니꼴라를 산장까지 태워다 준다는 핑계로 아버지가 이 지방에 오게 되었다고. 아버지에게 정보를 제공해 주는 사람들이 불법 시술이 벌어지고 있는 트럭이 나타났다고 사전에 알려 주었기 때문에. 이건 정말 위험 천만한 범인 추격이고, 양심의 가책이라고는 느끼지 않는 강력한 범죄 조직에 맞서 아버지가 혼자 싸우고 있다고.

「잠깐만. 그분 탐정이니? 너희 아버지말이야.」

오드칸이 물었다.

「아니.」
니꼴라가 말했다.
「아니, 그렇긴 하지만……」
니꼴라는 잠깐 말을 멈추었다. 그리고 마치 앞으로 듣게 될 사실들을 오드칸이 과연 감당해 낼 수 있는지 가늠해 보기라도 하듯, 이번에는 그가 오드칸을 비장하게 쳐다보았다. 오드칸은 얘기가 이어지길 기다리고 있었다. 니꼴라는 자신이 해준 얘기를 오드칸이 전혀 의심하지 않고 있다고 생각했다. 그러고는 자신의 입에서 나오는 말에 스스로도 약간 놀라면서 이렇게 말을 이었다.
「아버지는 그 사람들과 청산해야 할 일이 있어. 작년에 그 사람들이 내 남동생을 유괴했어. 걔가 놀이 공원에서 실종됐는데, 나중에 울타리 뒤에서 발견됐어. 그자들이 동생의 콩팥 하나를 떼어 버린 뒤였지. 이제 어떻게 된 일인지 알겠니?」
오드칸은 알아들었다. 그의 얼굴이 심각해졌다. 니꼴라가 계속 말했다.
「아무도 이 사실을 모르고 있어. 그러니까 다른 사람에게 절대 말하지 않는다고 맹세할 거지?」
오드칸이 맹세했다. 니꼴라는 자기 얘기가 오드칸을 압도하고 있다는 사실을 즐기고 있었다. 니꼴라는 마치 오드칸이 별도의 대접을 받을 이유라도 되는 것처럼, 아버지를 여읜, 그것도 처참하게 죽은 아버지를 둔 오드칸을 부러워했었다. 그런데 자신도 지금 살아서 나올 가능성이 희박한 사건에 뛰어들어 수없이 많은 위험과 부닥치는 모험가이며 정의의 사도인 아버지를 두고 있지 않은가. 그러나 한편으로는 오늘 밤 걷잡을 수 없이 달아 버린 상황, 다시 번복할 수도 없는 숱한 거짓말들 때문에, 과연 자신에게 무슨 일이 벌어질지 불안한 마음으로 생각해 보았다. 만약 오드칸이 입을 열기라도 한다면 그땐 정말 돌이킬 수 없는 끔찍한 일이 벌어질 것이다.

「내가 너한테 이 얘기를 해준 게 잘못이야.」

니꼴라가 중얼거렸다.

「이제 너도 위험한 상황에 처해 있거든. 너도 그들의 표적이 된 거야.」

오드칸은 그 특유의, 다른 사람을 압도하는 빈정거림과 무서울 게 하나도 없다는 표정을 섞어 웃고는, 이렇게 말했다.

「우리는 같은 배를 타고 있어.」

이 순간 두 사람의 역할이 제자리를 찾았다. 오드칸은, 어린 동생이 털어놓기를 백 번 잘한 위험한 비밀을 들은 뒤, 책임지고 나서서 동생을 보호해 주는 큰형의 자리로 돌아왔다. 아래층에 있는 방에서 타일 바닥에 의자가 긁히는 소리가 들리고, 곧 이어 각자의 방으로 들어가기 위해 계단을 올라오는 선생님과 스키 캠프 교사의 목소리가 뒤따라 들렸다. 오드칸이 손가락으로 쉿 하더니 침대 밑으로 기어들어갔다. 잠시 후 선생님이 열려 있던 문을 밀었다.

「니꼴라, 이제 자야지. 시간이 늦었다.」

니꼴라는 〈예, 예〉 하고 졸리는 목소리로 대답하고는 스위치를 누르기 위해 손을 뻗었다.

「괜찮니?」

선생님이 다시 한번 물었다.

「예, 괜찮아요.」

니꼴라가 대답했다.

「그럼, 잘 자거라.」

선생님이 복도로 나가 복도의 불도 껐다. 선생님의 발자국 소리가 멀어지더니 끽 하는 문소리가 나고 수돗물 흐르는 소리가 들렸다.

「다행이야.」

오드칸이 침대 위, 니꼴라 옆으로 다시 올라오면서 한숨을 내쉬었다.

「자, 지금부터 어떻게 할지 행동 계획을 짜자.」

21

 전세 버스가 스키 강습이 있었던 활강로 아래쪽에 있는 마을 광장에 멈춰 서는 순간, 니꼴라는 뭔가 심상치 않은 일이 벌어졌음을 감지했다. 여남은 명의 남녀가 카페 앞에 모여 있었고, 멀리서도 이들의 얼굴에서 분노와 아픔을 읽을 수 있었다. 주차 중이던 전세 버스에 사람들의 적의 가득한 시선이 쏠렸다. 눈살을 찌푸리며 파트릭이 내려가 보겠다고 말했다. 선생님은 아이들에게 자리에서 기다리라고 지시했다. 산장에서부터 방학 캠프를 주제로 우스운 노래를 만들어 부르던 아이들이 알아서 잠잠해졌다. 파트릭은 카페 앞에 모여 있는 사람들에게 다가갔다. 그는 등을 돌리고 서 있었고, 파카에 달린 후드 위로 그의 말총 머리가 넘실대고 있었다. 파트릭의 얼굴은 보이지 않고, 파트릭이 말을 걸자 거칠게 대답하고 있는 남자의 얼굴만 보였다. 이 남자 옆에 있던 두 명의 여자도 덩달아 난폭하게 굴었는데, 그 중 한 명은 오열하면서 주먹을 휘둘렀다. 꽤 오랫동안 파트릭은 꼼짝하지 않고 있었고, 버스 안에서는 아무도 말을 하지 않았다. 엔진이 꺼지면서 송풍 장치도 멈춘 상태여서 버스 유리창은 김이 잔뜩 껴 있었고, 아이들은 밖에서 무슨 일이 벌어지고 있는지 내다보기 위해 옷소매나 손등으로 김을 지우고 있었다. 평상시 같았으면 이렇게 하면서 그림이나 글자를 만들곤 했다. 그런데 니꼴라는 자신도 모르게 이런 행동을 하지 않으면서 그냥 아무 의미도 없는 동그라미나 만들려고 애쓰고 있다는 사실을 문득 깨달았다. 밖에 모여 있는 사람들에게는 그 어떤 것도 모욕적으로 비쳐질 수 있는 것처럼. 실제로 이 사람들은 여차하면 도발적인 행동으로 여겨 버스를 전복시키고 승객들과 함께 그대로 전소라도 시킬 태세인 것처럼 느껴졌다. 드디어 파트릭이 돌아섰다. 그의 표정도 흐트러진 상태였다. 마을 사람들만큼 과격해 보이지는 않았어도 일그러져 있었다. 선생님은 파트릭을 만나 아이들이 없는 데서 얘기를 들으려고 즉시 버스에서 내렸다. 오드칸이 이때 침묵을 깨면서 그냥 한 가지 가정을 얘기해 보는 게 아니라, 실제로 다른 아이들도 다 짐작하고 있었던 내용을 확인시키듯 말했다.

「죽은 사람이 바로 르네야.」

그는 마치 모든 사람들이 르네를 알고 있기라도 하듯, 르네가 자기들 중 한 사람이라도 되는 듯, 〈실종된 아이〉

라고 말하지 않고 〈르네〉라고 했다. 그리고 니꼴라는 지금까지 기회만 엿보고 있던 공포가 엄습해 오는 것을 느꼈다. 파트릭과 선생님이 다시 차에 올라왔다. 선생님은 말문을 열려고 했지만 말을 하지 못하고 눈을 감고는 입술을 깨물었다. 그리고 파트릭 쪽을 보았다. 파트릭은 선생님 팔에 살짝 손을 얹고는 이렇게 말했다.

「여러분들한테 굳이 숨길 필요가 없겠죠. 아주 심각한 일이 일어났어요. 정말 끔찍한 일이. 파노시에르에서 실종됐던 르네라는 아이를 찾았는데, 죽은 채로 발견됐어요. 자, 그렇게 된 거예요.」

그는 이런 말을 입에 담기가 얼마나 힘들었는지 보이기 위해 깊은 한숨을 내쉬었다.

「누군가가 르네를 죽인 거예요.」

버스 한구석에서 오드칸이 말했다. 이번에도 역시 물어보는 것이라기보다는 단정적인 말투였다.

「그래.」

파트릭이 짧게 말했다.

「누군가가 르네를 죽였어.」

「누가 죽였는지 몰라요?」

오드칸이 물었다.

「그래, 누군지 모른다.」

선생님은 잔뜩 굳어 있는 손으로 입에 대고 있던 손수건을 치우고, 간신히 말문을 열었다. 그녀의 목소리가 떨리고 있었다.

「여러분들 중에 신자가 있지요? 그런 사람들이 기도를 해야 할 것 같아요. 그러는 게 좋겠어요.」

오랫동안 침묵이 흘렀다. 누구도 꼼짝할 엄두조차 내지 못하고 있었다. 창에는 김이 자욱이 껴 밖이 전혀 보이지 않았다. 니꼴라는 두 손을 모으고 마음속으로 하늘에 계신 우리 아버지를 외워 보려고 했다. 하지만 문장이, 하다못해 첫머리도 생각이 나지 않았다. 아주 멀리서 자신이 따라 외울 수 없는 문장을 토막토막 읊고 있는 엄마의 목소리가 들리는 듯했다. 예전에 니꼴라 엄마는 교리 문답 교사였다. 지금 사는 집으로 이사를 온 후부터는 더 이상 그 일을 하지 않았다. 그리고 동생과 니꼴라에게 저녁마다 기도를 시키지도 않았다. 니꼴라는 머릿속에 그려 보았다. 하지만 절대 불가능한 일이었다. 그 모습들을 생각해 보는 것, 점퍼 주머니에 손을 넣어, 헌병이 니꼴라에게 주었던 전단을 꺼내 펼치고 —— 오, 바스락대는 종이의 울림! —— 르네의 사진을 들여다보는 장면을 생각만 해도 덜컥 겁이 났다. 니꼴라는 앞으로 이 전단을 어떻게 처리해야 할지 고민했다. 그걸 꺼내서 가지고 있을까, 어디다 둘까. 비밀 금고가 있었더라면 전단을 넣고 땅에 묻어 버린 다음 비밀 번호를 잊어버리면 됐을 것이다. 만약 누군가가 니꼴라의 주머니에서 이걸 찾아낸다면, 전단을 들여다보고 있는 니꼴라를 현장에서 발견한다면 밤새 오드칸과 니꼴라가 어떤 짓을 했는지 상상할 수 있지 않을까?

그들이 지난밤 나누었던 얘기, 자신이 꾸며 낸 거짓말

이 이제 마치 범죄인 양, 실제로 일어난 범죄에 잔인하고 떳떳치 못하게 가담한 것처럼 느껴졌다. 르네의 포동포동한 얼굴, 상고머리, 간격이 너무 뜬 앞니, 빠진 젖니가 다시금 니꼴라에게 떠올랐다. 르네는 분명히 빠진 젖니를 베개 밑에 넣고 아기 쥐가 선물을 가지고 와 물어 갈 기다렸을 것이다. 안경 너머 겁에 질린 르네의 얼굴이 보였다. 낯선 남자가 자신을 죽이기 위해 몸을 숙이고 있는 모습을 보고 있는 어린 소년의 공포가. 니꼴라는 자신의 얼굴에 르네의 표정이 새겨지는 것을, 멈추지 않고 계속될 소리없는 비명이 자신의 입에서 터져 나오는 것을 느꼈다. 니꼴라는 이 순간 차라리 누군가의 손이 자신의 어깨를 낚아채길, 헌병이 점퍼를 뒤져 니꼴라의 범죄 사실을 입증하는 전단을 찾아 꺼내기를 바랐다. 헌병이 아니라면, 괴로움을 가누지 못해 살인이라도 저지를 심정인 르네의 아버지, 오드칸과 그가 어떤 짓거리를 했는지 알게 되면 틀림없이 그를 죽이려 할 르네의 아버지가 말이다. 광장에 모인, 이제 뿌옇게 벽처럼 막아선 김 저편에 있는 사람들 가운데 르네의 부모님도 있을까? 사람들이 아직 모두 그 자리에 서 있을까? 오드칸은 뭘 하고 있을까? 기도를 하고 있나? 니꼴라 주위의 모든 아이들은 이 희뿌옇게 세워진 예배당에서 명상에 잠긴 채 기도를 드리고 있는 걸까? 이 침묵, 그들 모두를 둘러싸고 있는 이 공포, 아무도 모르지만 그와 무관하지 않은 이 공포가 과연 끝이 날까?

22

 스키 강습은 없었다. 아이들은 산장에 돌아와서 하루해를 보내려고 애쓰고 있었다. 정상적인 생활로 다시 돌아가서 다른 것을 생각하게 될 때가 분명히 올 것이다. 하지만 아이들은 이때가 아직 멀었다고, 스키 캠프 기간에는 이런 순간이 오지 않으리라고 생각하고 있었다. 그러나 때를 기다리는 것말고는 별 도리가 없었다. 노는 게 불가능했으므로, 선생님은 수업을 하기로 결정했다. 먼저 받아쓰기를 하고 다음에는 산수 계산 연습을 했다. 그래도 점심시간까지는 아직 시간이 남았고, 캠프 동안 부모님한테 한 통 이상씩은 편지를 쓰도록 되어 있었기 때문에 선생님이 편지 쓰는 시간을 갖자고 했다. 그런데 백지를 몇 장 나눠 주고 나더니 생각을 바꾸었다.
「아니야.」

선생님이 고개를 가로 저으며 나지막이 말했다.
「지금은 적당한 때가 아니지.」
 방 한가운데 서서 종이 뭉치를 꽉 움켜쥐고 있는 손에 관절이 하얗게 도드라져 있는 게 보이는 선생님은 기진맥진한 것 같았다.
 오드칸이 킥킥거리며 고약하게 웃더니 이렇게 내뱉었다.
「그럼, 글짓기를 하는 것도 괜찮겠네요. 스키 캠프에서 기억에 남을 만한 일을 써보면요.」
「그만 해라, 오드칸.」
 선생님이 말했다. 그리고 마치 울부짖듯이 한번 더 말했다.
「그만두라니까.」
 니꼴라가 생각할 때, 오드칸은 아버지가 없다는 사실 때문에 그래도 되는 것처럼 아이들 중 유일하게 감히 입을 열었다. 얼마 후, 상 차리는 동안의 시끌벅적한 소동도 쥐 죽은듯이 잦아든 점심 시간, 오드칸은 파트릭에게 르네가 산장 주위에서 발견되었는지 물었다. 파트릭이 잠시 망설이더니, 〈아니, 2백 킬로미터 떨어진, 다른 지방에서 발견되었다〉고 했다.
「이 사실로 볼 때, 적어도 한 가지는 분명하지.」
 파트릭이 말을 이었다.
「그러니까······.」
 그는 다시 주저했다.
「그러니까, 살인자가 이 지역은 이미 벗어났다는 얘기

가 되는 거지.」

 선생님이 덧붙였다.

「이건 또 너희들이 두려워할 필요가 없다는 얘기도 되는 거야. 정말 끔찍하고 소름끼치는 일이지만, 이제 모든 게 끝났다. 이곳에서 너희들은 전혀 위험하지 않아.」

 말을 끝내는 선생님의 목소리가 갈라지면서 목의 힘줄이 심하게 떨렸다. 그녀는 마치 이렇게 안심이 되는 얘기에 토를 달 수 있으면 달아 보라는 듯 식탁에 앉아 있는 아이들을 바라보았다.

「그런데 개가 죽은 건 여기가 분명해요.」

 오드칸이 물고늘어졌다.

「개가 혼자서 2백 킬로미터씩이나 갔을 리는 없잖아요.」

「오드칸, 내 얘기 좀 들어 봐라.」

 선생님은 증오 같은 게 섞인 애원하는 듯한 목소리로 말했다.

「그 얘기는 더 이상 하지 않는 게 좋겠다. 이미 벌어진 일이고, 어쩔 수 없어. 어떻게 해서 돌이킬 수 있는 게 아니야. 너희들 나이에 이런 일을 지켜볼 수밖에 없는 게 정말 유감이다. 하지만 그 얘기는 이제 그만 한다. 그만. 알겠지?」

 오드칸이 마지못해 고개를 끄떡거렸고, 식사는 조용한 가운데 계속되었다. 이후 어떤 아이들은 책을 읽거나 그림을 그렸고, 몇몇 아이들은 일곱 가족 카드 놀이를 했다. 숨바꼭질을 하고 싶어하는 아이들에게는 산장 안에서 하라고, 특히 밖으로 나가서는 안 된다고 지시했다.

「나는 우리가 전혀 위험하지 않다고 믿고 있었는데요.」

오드칸이 빈정거렸다.

「이제, 그만 좀 해라, 오드칸.」

선생님이 소리를 질렀다.

「내가 너한테 입다물라고 했다. 그런데 네가 그렇게 못하겠다면 혼자 위층, 침실로 올라가거라. 저녁 시간 전에는 너를 안 봤으면 좋겠다.」

오드칸이 두말 않고 계단을 올라갔다. 니꼴라는 오드칸을 따라가서 같이 얘기하고 싶었지만, 선생님이 허락하지 않을 게 분명할 뿐 아니라, 위험 천만한 공모 사실을 드러내게 될까 겁이 났다. 이럴 때는 차라리 각자가 자기 살길을 찾는 편이 더 나았다. 니꼴라는 한쪽 구석에 박혀 만화책을 읽는 척했다. 책을 한 장씩 넘길 때마다, 춥다는 핑계로 벗지 않고 있는 점퍼의 주머니에 들어 있는 전단이 바스락거리는 소리가 들리는 것 같았다. 이렇게 따뜻하게 껴입고 누군가가 자신을 불러 떠나라고, 더 이상 이곳에 돌아오지 말라고 하는 순간을 기다리고 있는 기분이었다. 눈 속에 흩어져 있는 어린 소년의 몸이 눈앞에 아른거렸다. 어쩌면 아이를 발견한 곳에는 눈이 내리지 않았는지도 모르겠다. 살인자가 아이를 거기서 죽였을까? 아니면, 여기서? 부모님의 말대로, 니꼴라가 어렸을 때 늘 이런 사람은 경계해야 한다고 얘기를 들은 나쁜 사람들이 하듯, 살인자가 아이에게 선물을 주었거나 감언이설로 꾀었다고 해도,

르네가 그렇게 멀리 갈 때까지 아무 저항 없이 가만히 있었을 리는 만무하다. 그는 죽은 상태든 아니면 살아 있었든 트렁크에 실린 채 옮겨졌음이 분명했다. 그런데 그 순간 아이가 아직 살아 있다고 생각해 보면 더 끔찍한 일이었다. 캄캄한 어둠 속에 갇혀 자신을 어디로 데려가는지도 모른 채 있었다는 사실이.

언젠가 니꼴라의 아버지가 출장길에서 돌아오면서 병원에서 벌어졌던 일들 중 하나를 얘기해 준 적이 있었다. 간단한 수술을 받을 예정이었던 꼬마 남자아이의 이야기인데, 마취과 의사가 실수를 하는 바람에 아이를 수술대에서 내릴 때는 그 아이가 다시 손쓸 수 없는 상태로, 귀와 눈이 멀고 벙어리가 된 채 마비되어 있었다는 것이다. 그 아이는 분명히 암흑 속에서 의식을 회복했을 것이다. 아무것도 보이지도, 들리지도 않고 손가락 끝에는 아무 감촉도 느껴지지 않는 상태에서. 억겁의 칠흑 같은 어둠 속에 파묻힌 채. 사람들이 서둘러 아이 곁으로 다가갔지만 그는 그런 사실을 알지 못했다. 바로 지척이지만 그의 세계와는 영원히 단절된 세계에 있는 그의 부모와 의사들은 두려움으로 넋을 잃은 채, 반쯤 감겨 있는 이 두 눈 뒤에서, 도대체 누가 무엇을 느끼고 이해할 수나 있는지도 모르는 채, 그저 납처럼 창백한 아이의 얼굴을 뚫어지게 바라보고만 있었다. 처음에 아이는 자신의 눈에 붕대를 감아 놓았거나 몸에 깁스를 한 것이려니, 어두컴컴하고 인기척도 나지 않는 방에 있지만 반드시 누군가가 와서 불을 켜고 자신을 이런 상태에서 벗어나게 해주려니 했을 것이다. 부모님이 반드시 자신을 여기서 꺼내 주리라고 믿었을 것이다. 그런데 시간이 지나가고, 별반 대책 없이 몇 분이, 몇 시간이, 그리고 몇 일이 어둠과 고요 속에 지나갔다. 아이는 소리쳐 울부짖었지만 자신이 내지르는 소리조차 귀에 들리지 않았다. 무어라 표현할 수 없는, 더디게 밀려드는 공포 속에서 그의 뇌는 움직이고 있었다. 상황에 대한 해답을 찾고 있었다. 생매장됐단 말인가? 그런데 자신의 위에 있는 관 뚜껑에 닿도록 힘을 줄 팔도 이제는 없었다. 그러다 어느 순간엔가 사실을 짐작하게 되었을까? 꽁꽁 묶인 채 트렁크에 있던 르네도 그런 사실을 알았을까? 그는 길의 요철도 느꼈을 테고, 옆으로 누운 채 이리저리 구르다 가방 모서리에 부딪혀 멍도 들었을 것이다. 르네가 운전대 뒤에 있는, 언뜻 드러난 운전자의 옆모습을 그려 보았을까? 그가 인적이 드문 숲속 한 귀퉁이에 차를 세우고는, 차에서 내려 쾅 하고 문을 닫은 뒤, 다가와서 트렁크를 여는 순간을 상상해 보았을까? 먼저 가느다란 불빛이 길게 들어오더니, 점점 커지면서 남자의 얼굴이 비스듬히 들어온다. 그때, 르네는 일말의 의심도 없이 최악의 상황이 곧 벌어질 것이며, 발버둥쳐도 벗어날 수 없음을 알게 된다. 그는 행복했던 어린 시절, 자신을 사랑하는 부모님과 친구들, 앞니가 빠졌을 때 생쥐가 물어다 준 선물을 떠올렸다. 그리고 이 삶이 여기서, 지금까지의 그 어떤 순간보다 훨씬 생생하고 산혹한 현실로 마감됨을 깨닫는다. 지나간 모든 것은 꿈에 불과하며, 꿈에서 깨어나 마주한 현실은 그가 결박된 채 갇혀 있는 이 어두컴컴한 자동차 속의 공간, 트렁크 자물쇠에서 찰칵 돌아가는 열쇠 소리, 그를 죽일 남자의 얼굴이 새겨진 가느다란 불빛이다. 그 순간, 그것이 자신의 삶이며, 자신의 삶에서 단 하나뿐인 현실이다. 결코 아무도 듣지 못하겠지만, 소리치며 울부짖는 것, 있는 힘을 다해 울부짖는 것만 남아 있을 뿐이다.

23

 간식 시간 후, 파트릭은 다시 한번 몸과 마음을 이완(弛緩)시키는 시간을 갖기로 결정했다.
「자, 여러분들 머릿속을 텅 비우기 위해서.」
 파트릭이 말했다. 하지만 니꼴라는 머릿속을 텅 비우지 못하고 있었고, 눈을 감은 채로도 주위에 있는 다른 아이들도 마찬가지라는 걸 느낄 수 있었다. 사지를 아무렇게나 뻗은 채 바닥에 길게 누워 있는 그들 모두가 죽은 아이와 비슷한 모양이 되는 게 두려웠다. 지난번과 마찬가지로 파트릭은 차분한 어조로 아이들에게 말했다. 모든 것을 털어내고 육중한, 육중한 몸을 느낀 뒤, 땅으로 푹 꺼져서 몸이 그대로 흐르게 내버려두라고 했다. 하나하나씩, 그는 가라앉는 느낌을 가져야 하는 신체의 부위를 지목했다. 하지만 이번에는 그 부위의 이름을 듣는 것만으로도 겁이 났다.

그 부위가 고문에 시달리는 모습이 상상되었다. 파트릭이 팔, 장딴지, 척추, 발바닥, 손가락 끝에 느껴지는 후끈함이라고 말할 때 다정함과 인내심이 배어 나왔다. 그의 목소리가 아이들을 안온하게 감쌌다. 아이들을 안심시키면서 그들의 신체 부위 하나하나가 서로 어우러져 그들에게 득이 되게 움직이고 있다는 사실을 알려 주고자 했다. 그러나, 마치 우리가 사방에서, 심지어 우리의 속 깊숙이 공격을 받을 때 그러하듯, 근육이 수축하고 모든 부위가 뻣뻣하게 조여들면서 뭉쳐져 버렸다. 파트릭은, 숨을 차분하고 깊게, 그리고 고르게 쉬면서 숨기운이 뱃속을 가득 채웠다가 다시 빠져 나가게 해보라고, 밀물과 썰물의 흐름을 따르게 해보라고 했다. 하지만 목 졸린 아이의 목구멍 안처럼 숨이 끊기며 공기가 부족해졌다. 관자놀이에서 피가 발딱발딱 뛰고, 손가락이 땅바닥을 움켜잡으려고 했다. 정체를 알기 힘든 이상한 소음이 귓속에서 윙윙거렸다. 둔탁한 충돌음과, 분명히 니꼴라가 드러누운 자리 옆에 있는 라디에이터에서 나오는 소리인데, 도로가 움푹 패인 곳을, 혹은 누워 있는 헌병의 위를 쏜살같이 지나가는 자동차를 떠올리게 하는 소리가 딱딱, 하고 들렸다. 이 표현은 니꼴라의 아버지가 좋아했는데, 좀처럼 웃지 않는 아버지도 이 표현에는 웃음이 나오는 모양이었다. 차를 달려, 누워 있는 헌병 위를 바퀴가 밟고 지나간다는 이 생각에는 말이다. 자동차가 니꼴라 속에서 요동쳤다. 그가 이름조차 모르는 말랑말랑한 분비샘들에서 나오는 액체들이 깊숙한 곳에서 찰랑이고 있는, 예기치 못한 위험과 낭떠러지로 가득 찬 이 어두컴컴하고 울퉁불퉁한 풍경 속에서. 자동차가 그의 몸 속에서 길을 트고, 구불구불한 도로 위를 달리듯, 뱃속에 들어 있는 이 미적지근하고 끈적끈적한 것들 사이를 돌았다. 참기 힘든 무게로 그를 바닥에 찍어 누르며, 횡경막 경부를 넘어 폐의 비좁은 공동을 타고 목구멍 쪽으로 올라온다. 입으로 튀어나오려고 한다. 니꼴라는 트렁크에 실려 이리저리 요동치고 있는 그 끔찍한 짐과 함께 그것을 막 뱉어 버릴 것 같다. 창문 바로 옆, 열기를 뿜어 대는 라디에이터 아래쪽에 누워, 니꼴라는 점점 더 크게, 점점 더 가까이 엔진이 크릉크릉 하는 소리를 들었다. 그는 마치 자동차 정비소에서, 아래쪽에서 자동차를 리프트 위에 들어올릴 때처럼 자동차가 다가오는 것을 보았다. 살짝 그을린, 엔진 과열로 기포가 잡힌 이 금속 덩어리가 그를 밟고 지나가면서, 먹이를 산 채로 꼼짝못하게 들러붙어 있게 하는 거미의 체액처럼, 그의 위로 기름과 피를 길게 흩뿌리겠지. 창문 뒤에서, 바퀴가 눈 위에서 빠드득빠드득 소리를 냈다. 엔진이 멎더니 문이 쾅 하는 소리가 한 번, 그리고 두 번 들렸다. 파트릭은 신경 쓰지 말고 계속하라고 했지만, 어느 누구도 계속할 수가 없었다. 몇몇 아이들은 벌써 일어나서 악몽에서 깨어나기라도 한 듯 눈을 비비며, 막 헌병들이 빠져 나온 픽업 트럭을 창문을 통해 내다보았다. 벌써 그들이 산장 문을 두드리고 있었다.

〈올 것이 왔다.〉 니꼴라는 생각했다. 〈나한테 볼일이 있어 온 거야.〉 니꼴라는, 붙들리기 전에 같이 도망을 갈 수도 있겠다는 황당 무계한 생각에, 두리번거리며 오드칸을 찾았으나, 그가 침실 밖 금족령을 받은 사실에 생각이 미쳤다. 이제 선생님이 헌병들을 맞아, 니꼴라의 인생이 산산조각이 나지 않았을 때만 해도 그의 왕국이었던 작은 사무실로 그들을 올라가게 했다. 올라가서 선생님이 파트릭과 마리 앙주도 같이 오라고 불렀다. 파트릭은 아이들에게서 자신들이 없더라도 조용히 있겠다는 다짐을 받았다. 아무도 소란을 피우는 것은 꿈도 꾸지 않았다. 아이들은 픽업 트럭이 갑작스럽게 출현했을 때의 그 자세 그대로, 아무 말 없이 꼼짝 않고 있었다. 아이들은 산장에 도착한 이후 처음으로 문이 닫힌 사무실에서 오고 가는 얘기를 들어 보겠다는 헛된 희망을 품고 귀를 쫑긋 세웠다.

「네 생각에는 무슨 얘기를 하고 있는 것 같냐?」

마침내 누군가가 자신 없는 목소리로 물었다. 노골적으로 비웃으면서 다른 목소리가 대답했다.

「무슨 얘기를 했으면 좋겠냐? 수사를 하고 있는 거잖아, 엉?」

이런 말이 오고 가자 얘기가 봇물처럼 터졌다. 맥심 리보통이 우쭐대면서, 자기 아버지가 사디스트들은 사형시켜야 한다고 했다고 말했다. 누군가가 사디스트가 도대체 뭐냐고 물었고, 맥심은 이런 범죄를 저지르는 사람, 아이들을 강간하고 죽이는 사람들을 그렇게 부른다고 설명해 주었다. 아주 짐승 같은 놈들이라고. 니꼴라는 강간한다는 것이 무슨 뜻인지 몰랐다. 아마 니꼴라뿐만은 아니었 겠지만, 차마 물어 볼 엄두를 내지 못하고, 다만 이것이 다리 사이에 있는 이름 없는 그 물건과 무슨 관계가 있겠구나, 그걸 건드리면서 하는 일종의 고문, 세상에 둘도 없이 잔인하게, 그놈을 잘라 내거나 뽑아 버리는 것이려니 하고 생각했다. 그는 평상시에는 무덤덤하기만한 맥심 리보톤이 이런 얘기를 하면서 그토록 당당하게 구는 데 놀랐다.

「짐승들!」

맥심이, 마치 자기 아버지와 자신이 이놈들 중 한 명을 붙잡아 머리를 내려치기 전, 이번엔 자기들이 그놈을 고문이라도 하려는 것처럼, 사납게 냉소적으로 말했다. 맥심은, 그의 아버지가 보던 신문, 이런 얘기만 다루고 있다고 하는, 좀 특별한 신문에서 읽은 적이 있는 사건이라며, 납치되어 강간 살해된 어린애들에 대한 다른 얘기들을 큰 소리로 떠들어댔다. 오드칸이 없는 지금 같은 상황에서, 맥심은 스타처럼 부각되었다. 니꼴라의 집에서도 이 〈못된 사람들〉 얘기를 한 적이 있긴 한데, 이들이 어떤 사악한 행동을 하는지는 구체적으로 한번도 언급하지 않은 채, 그냥 무서움에 떨며 얼렁뚱땅 여러 차례 화제로 삼았었다. 지금, 이들은 슈베르트나 슈만, 더럽혀진 바지보다 더 중요하게 리보톤의 얘깃거리가 된 것 같았다. 그 소재가 드디어 화제에 오르자, 엉큼한 지진아 맥심은 마치 고기가 물을 만난 것 같았다.

이런 얘기가 오가는 동안 니꼴라는 저만치 물러나 홀의

문턱에 서 있었다. 그때 갑자기 계단을 구르듯 달려 내려와서 재빨리 홀을 가로질러 출입문 쪽으로 가는 오드칸을 보고 니꼴라는 무척 놀랐다. 그들의 시선이 마주쳤다. 마치, 자신의 목숨뿐 아니라 이보다 더한 것도 니꼴라가 입을 다무느냐 그렇지 않느냐에 달려 있다는 듯, 너무나 위압적인 오드칸의 시선. 오드칸이 나가면서 출입문을 닫는 순간, 사무실 문이 열리면서 계단을 내려오고 있는 헌병들, 선생님, 스키 캠프 교사의 목소리가 들렸다. 리보톤과 아이들이 입을 다물었다.

「이번 같은 수사는 정말 꾸준한 노력을 필요로 해요.」
헌병 중 한 명이 한숨을 내쉬었다.

「찾고 또 찾긴 하는데, 어디로 방향을 잡아야 할지 모르는 거예요. 그나마도 대개, 놈 쪽에서 당황하는 바람에 바보 같은 짓을 하기라도 해야 덜미를 잡는 거죠.」

다섯 사람은 완전히 녹초가 된 것 같았다. 그들은 홀에서 지금은 잠잠해진 아이들이 있는 방을 들여다보았다. 카페에서 실종된 아이들 얘기를 하면서 갑자기 무기력한 격분을 토로했던 헌병이 이번에도 고개를 가로 저으면서 중얼중얼했다.

「이 나이의 소년이……. 성모 마리아님, 저희를 위해 기도해 주소서.」

오늘 아침부터 습관이 되어 버린 듯, 선생님이 눈꺼풀을 힘주어 내리고 눈을 지그시 감으면서 수긍하였다. 그 후, 헌병들은 떠났다. 니꼴라와 아이들은 창문을 통해 눈

쌓인 공터에서 그들의 픽업 트럭이 움직이며 소나무 사이를 지나 도로로 나 있는 길로 접어드는 것을 보았다. 산장에 있는 사람들말고는 아무도 여기를 지나다니는 사람이 없었지만, 그들은 그래도 방향을 틀기 전에 깜박이 신호를 넣었다.

24

니꼴라말고는 아무도 오드칸이 없어진 것을 눈치채지 못했다. 니꼴라는 두려움의 정체가 무엇인지도 모르면서도 마냥 두렵기만 했다. 전날 밤 오드칸이 행동 계획이라고 불렀던 것에 대해 두 사람이 얘기를 하던 바로 그때 벌써, 오드칸은 산장 주변을 샅샅이 수색하거나 —— 르네가 실종된 이후 비록 눈이 1미터씩이나 오긴 했어도 —— 시치미를 뚝 떼고 동네 사람들에게 혹시 요 며칠 사이 낯선 픽업 트럭을 보지 못했는지 물어 봐서 단서를 발견해 낼 수 있을 거라고 생각했다. 아니면, 생각하는 척했다. 걱정이 된 니꼴라가 오드칸에게 신중하라고 당부했다. 니꼴라는 오드칸이 아무에게도 물어 보지 않았으면, 아무리 시치미를 떼고 한다 하더라도 사람들에게 물어 보는 일은 하지 않았으면 하고 바랐다. 그냥 수사를 핑계로, 상상 속의 위협이라고 하더라도, 실제 못지않게 짜릿짜릿해서 더욱 자극적으로 느껴지는 이 은밀한 속삭임 같은 대화만 매일 밤 계속했으면 하고 바랐다. 이제, 이미 비극이 벌어진 상황에서 오드칸이 과연 어떤 얘기를 꾸며낼까? 만약 한 시간 후에, 오늘 저녁까지 그가 돌아오지 않는다면 어떻게 될까? 오드칸마저도 실종된다면? 내일 눈 속에서 사지가 잘려 나간 오드칸의 시체를 발견하게 된다면? 니꼴라가 입을 다문 것이 죄일 것이다. 제때, 그러니까 지금 즉시 얘기를 한다면 어쩌면 최악의 사태는 막을 수 있을 것이다.

어스름이 깔리고 이미 불이 켜졌다. 니꼴라는 파트릭의 주변을 맴돌면서 슬그머니 말을 꺼낼 기회를 찾고 있었지만, 기회가 생길 때마다 여전히 망설이다가 번번이 놓쳐 버렸다. 니꼴라는 앞서 나간 사람들을 찾기 위해 혼자, 어리석게도 혼자 뛰어들어 한 명씩, 차례로 산장 밖으로 유인되어 나가고 나면, 마침내 혼자 남은, 정말 덩그러니 혼자 남은 자신이 먼저 나갔던 사람들을 모두 죽인 그자가 드디어 끝장을 보기 위해 산장 안으로 들어서는 순간을 기다리게 되리라 생각했다. 출입문의 문고리가 서서히 내려지면서, 결국, 그는 자기 주위를 맴돈다고 줄곧 느꼈던 이 정체 불명의 공포와 대면하는 순간을 맞게 될 것이다.

저녁을 먹기 위해 상을 차리는 시간이 되자, 선생님은 금족령이 떨어진 오드칸을 생각하고는 계단 쪽으로 고개를 들고 이제 그만 내려와도 좋다고 소리를 질렀다. 니꼴라의 몸이 진저리를 쳤다. 그런데 그는 정말 뜻밖의 상황을 보게 되었다. 마치 오후부터 침실 밖으로 나오지 않았던 것처럼 오드칸이 살며시 계단을 내려와 다른 아이들과 합류하는 것이 아닌가. 언제, 어떻게 그가 돌아왔는지 니꼴라는 전혀 알 수 없었다.

저녁 식사는 우중충한 분위기 속에서 이어졌고, 아무도 분위기를 바꿔 보려고 애쓰지 않았다. 식사가 끝나자 아이들은 다른 때보다 조금 일찍 잠자리에 들었다.

「푹 자도록 해라, 애들아. 내일은 오늘과는 달라질 게다.」

파트릭이 말했다.

니꼴라는 이제 자신의 방이 되어 버린 곳으로 향했다. 그런데 선생님이 그에게 이제 다 나았으니 다시 침실로 가라고 말했다.

의자 쿠션 밑에 둘둘 말려 있는 잠옷을 집으러 가면서, 그는 헌병들이 다녀간 이후로 자기 자리가 없어져 버린 사무실에서 잠시 머뭇거렸다. 침대 머리맡 스탠드의 오렌지색 전등갓 아래로 은은하게 흐르는 불빛을 보고 그는 울고 싶어졌다. 울음을 참기 위해 그는 이제 약간 풀어진, 파트릭이 묶어 준 브라질 팔찌가 감겨 있는 팔목을 물어뜯었다. 그는 1년 반 전에 가족이 이사하던 날을 다시 떠올렸다. 그가 어린 시절을 보낸 도시를 떠나기로 한 결정은 너무나 급작스럽게, 그가 영문도 모르는 가운데 황급히 내려졌다. 엄마는 앞으로 이사 가는 곳이 훨씬 좋을 거라고, 거기서 새 친구들을 많이 사귈 수 있을 것이라고 누차 열을 올려 가며 강조했었다. 하지만 신경이 곤두선 데다 급작스럽게 화를 내고 오열하는 모습, 마치 무슨 적이라도 만난 듯이 금세 얼굴 위로 다시 쓰러져 내리고 마는 푸석푸석한 머리채를 손으로 밀쳐 내는 엄마를 보면서, 니꼴라는 그렇게 안심시키려는 얘기들을 믿기 어려웠다. 남동생과 그는 이미 학교에 가지 않고 있었고, 그녀는 아이들을 하루 종일 집에 데리고 있었다. 심지어 낮 동안에도 덧문이 내려져 있었다. 그때는 여름이었는데, 그렇게 포위되어서 큰 변이라도 당한 듯이 쉬쉬하는 분위기 속에 있는 것이 정말 숨이 막혔다. 니꼴라와 남동생이 아버지는 어디 계시냐고 물었을 때, 엄마는 아버지가 장기간 출장을 떠났으며 다른 도시에서, 새 아파트에서 그들과 합류할 것이라고 했다. 마지막 날, 그들이 출발하면 이삿짐 업체에서 가지러 오기로 되어 있는 이삿짐 박스 포장이 다 끝난 후, 그는 텅 빈 자기 방 한가운데 앉아 있었다. 그리고 도대체 이해할 수 없는 어떤 끔찍한 일이 벌어질 때 일곱 살바기 아이가 울음을 터뜨리듯, 마구 울었다. 어머니는 그를 달래기 위해 안아 주려 했고, 쉴새없이 니꼴라, 니꼴라, 하고 불렀다. 그는 엄마가 자신에게 뭔가 숨기고 있다고, 엄마의 말을 믿을 수 없다고 생각했다. 그녀도 울기 시작했지만, 그녀가 그에게 진실을 말해 주지 않았기 때문에, 그들은 함께 울 수조차 없었다.

25

 침실에 돌아오니 오드칸과 둘만의 밀담을 나누기도 훨씬 어려워졌다. 도대체 그는 무엇을 하러, 어디에 갔었던 걸까? 선생님이 그를 주시하고 있었기 때문에, 오드칸은 저녁 식사 시간의 그 음울하게 드리워진 침묵을 깨지 않았다. 그러고는 이도 닦지 않은 채 아무에게도 말을 걸지 않고 잠자리에 들어, 건드리지 않는 게 나을 법한 맹수의 모습을 하고 벽 쪽으로 돌아누웠다. 마치 가로누운 조각상처럼 뻣뻣하게 위쪽 침대에 누운 니꼴라는 그가 정말 잠들었는지 궁금했다. 그렇게 한 시간이 지났다. 마침내 오드칸이 입을 뗐다.
 「니꼴라.」
 그리고 소리없이 침대를 빠져 나가며 그에게 따라오라는 신호를 보냈다. 니꼴라가 사다리를 내려와 오드칸을 만나러 조심조심 복도로 나서는 순간이었다. 뤼카 앞을 지나는데, 그가 꿍얼거리며 벌떡 일어났다.

「너희들 도대체 뭐 하는 거야?」

그런데 오드칸이 문 쪽으로 머리를 들이밀고 나직하게 한마디했다.

「입 닥쳐!」

상대편은 군말하지 않고 받아들였다. 신중을 기하기 위해 그들은 침실에서 멀리 떨어져 복도 끝에 있는 창문까지 갔다. 오드칸이 훌쩍 창문턱에 올라앉아 십자 유리창에 등을 기대고 있어서, 눈을 맞아 휘어진 소나무의 희고 검은 덩어리 위로 그의 모습이 선명하게 드러나 있었다. 반면 얼굴은 어둠에 묻혀 있었다. 니꼴라는 이 어둠이 두려웠다.

「무슨 일인데?」

니꼴라가 웅얼거렸다.

「너의 아버지 차, 회색 르노 25가 맞냐?」

오드칸이 덤덤하게 말했다.

니꼴라는 자신의 이마를 서늘하게 하고 있는 것이, 몰래 숨어서 읽던 끔찍한 얘기들 속에서 사람들이 식은땀이라고 하던, 바로 그것이라고 생각했다. 그는 대답하지 않았다.

오드칸이 말을 이었다.

「맞아. 회색 르노 25. 내가 분명히 기억해. 아까 헌병들이 왔을 때, 침실에서 나와 내려가서 사무실 문 뒤에서 그들이 말하는 걸 들었어. 그들은 르네가 무슨 짓을 당했는지 얘기하고 있었는데, 그건 차마 너에게 말하지 않는 편이 낫겠다. 아직도 정신이 하나도 없어. 그들이 근방에서 회색 르노 25를 보지 못했냐고 물었어. 캠프 교사들은 못 봤다고 했어. 아마 너희 아버지가 왔을 때 신경을 안 썼거나 미처 생각이 거기까지 미치지 못했을 거야. 그래서 나는 곰곰이 생각했지. 그러고는 그 사람들이 자리에서 일어나려고 하는 걸 보고 재빨리 앞질러 내려왔지. 도로에서 그 사람들을 기다리려고 갔던 거야.」

오드칸이 잠깐 말을 멈추더니 이내 계속했다.

「그 사람들에게 다 말해 버렸어.」

그는 다시 입을 다물었다. 니꼴라는 꼼짝하지 않았다. 그리고 이 어둠 속의 얼굴을 쳐다보았다.

그러자 오드칸의 어조가 변했다. 위신이 떨어질까 봐 이제 자기 변명을 하였다.

「니꼴라, 있잖아.」

오드칸이 나지막하게 말했다.

「어쩔 수 없었어. 그래, 나도 알아. 내가 너한테 얘기하지 않겠다고 약속했었던 거. 하지만 너희 아버지가 위험에 처해 있는걸. 분명히 그 이유 때문에 그들이 너희 아버지를 찾고 있는 거야. 아니면 왜겠니? 어쩌면 지금 이 순간 그는 장기 밀매꾼들의 인질이 되어 있는지도 몰라. 아니면, 그들이 이미 죽였는지도 모르고.」

그가 마치 니꼴라에게 충격을 주려는 듯, 돌연 말을 했다.

「만약, 그들이 너희 아버지를 아직 죽이지 않았다면 지금이라도 그를 찾아봐야지. 그리고 눈 속에서 발자국 흔적을 찾아내며 그 일을 할 사람은 우리가 아니야. 지금 이건 5인의 꼬마 탐정 얘기가 아니야, 니꼴라. 그놈들은 괴물 같은 놈들이야. 니꼴라, 내 얘기 좀 들어 봐.」

그가 거의 애원하듯이 힘주어 말했다.

「아버지를 구할 기회가 있는데 그냥 지나쳐 버린다면 네가 평생 동안 양심의 가책을 느낄 거라고 생각하지 않니? 만약 네 잘못으로 그가 죽는다면 그 다음에 네 인생이 어떻게 될지 한번 생각해 봐.」

오드칸은 허옇게 질린 니꼴라에게 자신의 변명이 전혀 효과를 발휘하지 못하는 걸 알고 말을 중단했다. 이제 할 만큼 한 그가 어깨를 한 번 으쓱 들먹였다.

「어쨌든 돌이킬 수 없는 일이야.」

그러고는 창문턱에서 미끄러지듯 스르륵 내려와 니꼴라의 손을 잡으려고 손을 내밀었다.

「니꼴라……」

애석한 듯, 그가 포근하고 낮은 소리로 말했다. 니꼴라는 그가 자신을 건드리지 못하도록 한 걸음 뒤로 물러섰다.

「니꼴라, 그래 이해해……」

오드칸이 가만있지 않고 말을 이었다.

그는 니꼴라의 머리를 쓰다듬고 그의 머리를 자기 어깨 쪽으로 끌어당기려고 했다. 니꼴라가 이번에는 가만두었다. 연신 그의 머리를 어루만지면서 다정하게 계속 그의 이름을 부르고 있는 오드칸의 가슴에 기대어 선 채, 니꼴라는 희고 물캉물캉한, 집채 같은 오드칸의 몸에서 뿜어 나오는 열기를 느꼈다. 마치 거대한 베개처럼 푹신한 그의 몸뚱이에서는 이 단단하고 이름 모를 물건만 불룩 튀어나와, 자신의 배에 밀착되어 있었다. 니꼴라는 반대로, 마치 얼음 속에 갇혀 있기라도 한 듯 오그라들어 아주 뻣뻣이 굳어 있는데, 그의 다리 사이는 물렁물렁하니 텅 비어 있었다. 거기엔 아무것도 없었다. 텅 빈 공간이, 부재의 땅이 펼쳐지고 있었다. 그는 눈을 커다랗게 뜨고 오드칸의 어깨 너머, 창문 너머, 눈을 맞아 구부러진 소나무가 빚어 내는 어두컴컴한 덩어리 너머, 그리고 또 그 너머 칠흑 같은 어둠을 바라보았다.

26

 20년이 지난 12월 어느 날 밤, 공원을 따라 올라가며 인적이 끊긴 트로카데로 광장을 가로질러 가고 있던 니꼴라는 누군가 자신의 이름을 부르는 소리를 들었다. 그는, 아주 크고 몸집이 좋은, 정말 덩치가 산만한 사내가 그리스 신화의 한 영웅이 조각된 도금 조상(彫像) 발치에 놓인 석재 벤치에 앉아 있는 것을 보았다. 벤치 위, 그 사람 옆에는 적포도주 병 하나와 구겨진 포장지 —— 거기에는 칼날이 번뜩이며 비어져 나온 게 보였다 —— 에 싸인 소시지가 있었다. 배코를 친 그 사내의 머리는 울퉁불퉁했고 수염은 검고 길게 나 있었다. 보기만 해도 지저분한, 볼품없는 옷을 걸친 그의 모습은 마치 부랑자나 식인귀 같았다. 니꼴라는 오드칸이 자기를 알아본 것처럼, 순간적으로 그가 오드칸임을 알았다. 오드칸은 짐짓 다정다감하게, 빈정거리는 쉰 목소리로, 아주 위협적으로 그의 이름을 여러 차례 불렀다. 니꼴라는 그에게서 한참 떨어진 자리에서, 가방의 손잡이를 꽉 틀어쥐고는 다가가지도 못하고 그렇다고 도망치지도 못한 채 꼼짝 않고 서 있었다. 지난 수년 동안 그는 오드칸이 정말 장기 밀매꾼들 얘기를 믿었을까 하고 생각해 보았다. 그는 오드칸이 나오는 꿈을 꾸었는데, 늘 악몽이었다. 돌연, 오드칸이 칼을 집어 들더니 포효하는 소리를 내며 벌떡 일어섰다. 일어선 모습의 그는 훨씬 크고, 덩치가 좋아 보였다. 그리고 다리를 절고 있었다. 그는 마치 돌격하는 곰처럼 양팔을 앞으로 뻗은 채 니꼴라 쪽으로 달려들었다. 니꼴라는 그가 자신을 죽이려고 한다는 것을 감지하고, 역시 달아나기 시작했다. 니꼴라는 자신의 뒤에서 그가 울부짖으며 가쁜 숨을 몰아쉬는 소리를 들었다. 그는 오드칸을 저만치 앞질러 버렸다. 그런데도 자동차와 사람이 지나다니는 트로카데로의 교차로 광장에 도달해서야 뒤를 돌아볼 엄두를 냈다. 오드칸은 그를 쫓아오는 것을 포기한 상태였다. 그는 크리스마스 때문에 불이 켜진 에펠탑 앞, 광장의 한가운데 혼자 서서 몸을 이리저리 흔들고 있었다. 머리를 하늘로 쳐든 채 웃고 있었다. 어떻게 해도 멈추지 않을 것처럼 보이는 우레 같은 거대한 웃음, 숨이 차오르고 기침을 하며 힘겨워하면서도 절대 멈출 것 같지 않은 웃음을 쏟아 내고 있었다. 이 웃음 속에는 오랜 시간 동안 갇혀 오드칸의 목구멍 저 밑바닥에서 서로를 물어뜯는, 뭐라고 이름 붙일 수 없는 원망과 사그라지지 않는 증오심이 묻어 났다. 트로카데로의 교차로 광장에 있던 경찰관 한 명이 소름을 오싹 돋게 하는 이 웃음소리를 듣고는 아래쪽 광장에서 몸을 이리저리 흔들고 있는 이 인생 낙오자에게 눈길을 주더니 그에게서 막 벗어나 가쁜 숨을 몰아쉬고 있는 행인을 쳐다보았다.

「저 사람이 당신에게 추근댔습니까?」

그는 은근히, 이 행인이 아니라고 대답해, 자신이 나설 필요가 없어지기를 바라면서 물었다. 니꼴라는 아무 말도 하지 않았다. 그는 싸늘하게 얼어붙은 별빛을 받으며 미친 듯이 웃어대는 오드칸을 한동안 바라보았다. 그리고 가방을 손에 들고 밤 속으로 사라져 갔다.

27

 니꼴라는 아침에 눈송이가 흩날리며 들이치고 있는 복도의 열린 창문 발치에 잔뜩 웅크린 채 발견되었다. 그는 이빨을 딱딱 마주치면서 자지도 않고 말도 하지 않고 있었다. 다시 한번, 별반 달리 할 수 있는 일이 많지 않다는 듯, 파트릭이 그를 안아 사무실의 긴 의자에까지 옮겼다. 선생님은 이번에는 측은한 마음이 들기보다는 슬며시 화가 치민 듯 보였다. 어쩌겠냐, 니꼴라는 몽유병 환자이고 오늘 같은 날 넋을 놓고 있다고 그를 원망할 수는 없었다. 하지만 선생님도 기진맥진, 혼이 빠진 상태였다. 그녀는 파트릭이 하루 일정으로 계획하고 있는 등산에 같이 나서고 싶은 마음이 없었다. 대신 그 시간을 이용해 산장에서 혼자 쉬고 싶었던 것이다. 이렇게 환자인 데다 종잡을 수 없는 아이를 돌보지 않을 수도 있었으련만. 하지만 니꼴라가 걸기 힘든 상태인 것은 분명해서 다시 사무실의 의자 위에 임시로 데려다 놓고, 그녀는 자기 방으로 들어가 틀어박혔다. 아이들은 파트릭, 마리 앙주와 함께 출발했다. 그들 둘만 남았다.

몇 시간이 흘렀다. 니꼴라는 얼굴 위로 담요를 끌어올린 채 꼼짝하지 않고, 거의 아무 느낌 없이 시간을 보내고 있었다. 그는 열이 있는 상태의 그 황홀한 열기와 자신의 누에고치 속 망각의 세상을 다시 찾고 싶었다. 하지만 이번에는 열이 없고 단지 춥고 두렵기만 했다. 선생님은 그에게 마실 것을 가져다 주지도, 와서 말을 걸지도 않았다. 점심 식사도 없었다. 그녀가 잠들었음에 틀림없다. 그는 그녀의 방이 어디에 있는지조차 몰랐다.

전화벨 소리에 깬 걸 보면 그도 역시 깜빡 선잠이 들었던 게 분명했다. 벌써 어둑어둑해지고 있었다. 그런데 반 아이들은 아직 돌아오지 않았다. 니꼴라는 손 닿을 만한 곳에 놓인 전화기에서 벨소리가 울리는 것을 쳐다보았다. 수화기가 받침걸이 위에서 가볍게 몸서리치며 튀어 오르고 있었다. 오랫동안 계속되었다. 전화벨 소리가 멎더니 다시 울리기 시작했다. 선생님이 들어와 니꼴라에게 아무리 그래도 이 정도쯤은 할 수도 있지 않았느냐고 말하고 나서 수화기를 들었다. 선생님의 얼굴은 잠이 아직 덜 깬 데다 퉁퉁 부어 있었고, 머리카락은 마구 엉켜 있었다.

「네?」

선생님이 말했다.

「네. 전데요. 네. 안 그래도 지금 제 옆에 있는데요.」

선생님이 웃지도 않고 니꼴라를 쳐다보았다. 그러고는 눈살을 찌푸렸다.

「왜 그러시는데요? 무슨 일이라도 생겼나요? 아! 네······.」

수화기를 떼면서 그녀는 니꼴라에게 말했다.

「잠깐, 자리 좀 비켜 줄 수 있겠니?」

니꼴라는 자리에서 일어나 천천히 나오면서도 선생님한테서 눈을 떼지 않았다.

「아래층으로 내려가는 게 어떻겠니. 그렇게 하는 게 좋겠다.」

그가 복도로 나왔을 때 선생님이 한마디 덧붙이더니 문을 닫아 버렸다. 니꼴라는 계단까지 걸어가 양팔 사이에 무릎을 바싹 오그려 붙이고는 계단 초입에 앉았다. 그는 사무실에서 나는 소리를 전혀 들을 수 없었다. 아마 선생님이 상대편에게만 들리도록 얘기하는 모양이었다. 어느 순간 다시 일어나서 살금살금 그쪽으로 가볼까 생각도 해 봤지만 차마 그러지 못하였다. 그가 계단의 난간에 어깨를 기대자 나무가 삐거덕 주저앉는 소리를 냈다. 거기서 몇 미터 떨어져 있는 사무실 문 밑으로 주황색 불빛이 새어 나오고 있었다. 억지로 참으려고 하는 흐느낌 같은, 숨죽인 소리가 들리는 것 같았다. 니꼴라가 오가는 내용을 짐작하지 못하는 가운데, 통화는 한참 동안 계속되었다. 모든 것이 침묵의 바다로 자취를 감추고 있었다. 깊숙이, 아주 멀리서 시커먼 물이 반짝거리고 있었다.

드디어 그는 통화의 끝을 알리는 찰칵 소리를 들었다. 선생님은 사무실에서 나오지 않고 있었다. 그녀는 니꼴라가 나오면서 본 그 자세 그대로, 여전히 수화기에 손을 얹은 채 힘껏 눈을 감고 소리내 울고 싶은 것을 참으며 서 있는 게 틀림없었다. 아니면 의자에 길게 누워서 아직도 니꼴라의 머리 모양을 그대로 간직하고 있는 베개를 물어뜯고 있는지도 몰랐다. 며칠 전, 아버지의 사고사 소식을 전화로 알게 되는 그녀의 모습을 니꼴라가 상상해 보았을 때도, 그녀는 지금 방금 한 것처럼 우선 그에게 자리를 비키게 하였다. 그리고 잠시 후 사무실에서 나와 그에게로 다가와 안아 주었다. 그녀는 하염없이 눈물을 흘렸고 그의 이름을 계속해서 불렀다. 그것은 정말 끔찍했지만, 한편으로는 감미로운, 한없이 감미로운, 그러나 이제는 벌어질 수 없는 장면이었다. 지금, 그녀는 문을 열고 나와 그를 마주하기가, 그에게 말을 건네기가 두려운 것이다. 하지만 그녀는 어쨌든 밖으로 나와야 한다. 이 사무실에서 평생을 보낼 수는 없지 않은가. 니꼴라는 잔인하게도 그녀가 받을 고통을, 수화기를 내려놓은 그 순간부터 그녀를 짓누르고 있을 참기 힘든 중압감을 상상해 보았다. 그녀는 꼼짝하지 않았고, 그도 마찬가지였다. 그녀는 그가 거기, 바로 곁에서 자신을 기다리고 있다는 사실을 분명히 알고 있을 것이다. 그가 노크를 하면 그녀는 그에게 들어오지 말라고, 지금은 안 된다고, 아직 들어와서는 안 된다고, 소리를 지를 것이다. 그러고는 어쩌면 문을 잠가 버릴 수도 있었다. 그렇다. 그녀는 얼굴을 내밀고 그의 얼굴을 쳐다보기보다 차라리 숨어 있는 편을 택한 것이다. 그가 마음만 먹으면 그녀에게 잔뜩 겁을 주는 것은 식은죽 먹기일 것이다. 복도의 고즈넉함을 깨고 한마디만 내뱉어도, 아니면 콧노래만 흥얼거려도 그녀는 겁을 먹을 것이다. 경쾌하게 별 뜻 없이 쉬지 않고 콧노래만 불러도, 무궁화 꽃이 피었습니다, 하고 소리만 내도, 그녀는 참지 못하고 문 뒤에서 울음을 터뜨릴 것이다. 하지만 그는 콧노래를 흥얼대지 않았다. 아무 말도 하지 않고, 미동도 하지 않았다. 틀림없이 어떤 반응을 보이고 무슨 행동이나 말을 해야 될 테니, 앞으로 벌어질 사태를 감당해야 할 사람은 그녀이지 그가 아니었다. 사람들을 속이고 아무 일 없다는 듯, 마치 전화가 오지 않은 것처럼 하는 말들, 무의미한 말들이라도 해야 할 것이다. 어쩌면 그녀는 전화가 오지 않았던 것처럼 하면서 상황을 모면하려고 할지도 몰랐다. 다시 전화가 와 좀더 용기 있는 다른 사람이 전화를 받아 주기를 기다리고 있는지도. 아마 파트릭이 받겠지. 전화를 했던 헌병은 도대체 무슨 영문인지 모를 것이다. 그는 분명히 선생님과 전화통화를 했으며, 선생님에게 알려 주었다고 얘기할 것이다. 하지만 선생님은 머리를 가로 저으며 눈을 감고는, 뻔한 일인데도 절대 아니라고, 누군가가 자기 대신 전화를 받으면서 자신인 양 행세했음에 틀림없다고 맹세할 것이다.

저녁이 찾아왔다. 오드칸과 얘기를 나누었던 그 창문을 통해 소나무 위로 눈이 떨어지는 것이 보였다. 아래층에서 웅성거리는 소리가 났다. 아이들이 돌아오고 있었다. 불이 켜지고 고함소리, 떠들썩한 소리. 장시간 산보를 한 아이들의 볼은 틀림없이 빨갛게 상기되어 있을 것이고, 이들은 아마 잠시 동안이나마 전날에 느꼈던 두려움을 잊고 있을 것이다. 그들에게 그것은 전날의 공포였다. 하루하루가 지나면서 점차 멀어지고 퇴색해 곧 학부모들이 가능하면 들추지 않으려고 애쓰는 하나의 추억으로만 남을 것이다. 엄마들은 자기들끼리만 통하는 애통한 얼굴을 하고 수군수군 얘기를 나눌 것이다. 하지만 니꼴라에게 이 일은, 영원히, 계단 머리에서 선생님이 밖으로 나올 수 있는 용기를 백 배 내길 기다리고 있는 지금처럼 생생할 것이다.

파트릭이 올라오면서 아래층에 켜진 불빛만 들어오는 복도에서 계단에 앉아 있는 그를 발견하였다.

「이 녀석, 너 여기서 뭐 하고 있는 거냐? 네 사무실에 있는 게 더 나을 텐데.」

파트릭이 다정하게 물었다.

「선생님이 거기 계세요.」

니꼴라가 웅얼거렸다.

「어, 그래? 선생님이 나가라고 하대?」

파트릭이 웃더니 작은 소리로 말했다.

「분명히 남자 친구한테 전화하느라 그랬을 거다.」

그는 형식적으로 문을 똑똑 두드렸다. 니꼴라가 예상하고 있던 대로 선생님은 〈누구세요〉 하고 흐트러진 목소리로 물었다. 그녀는 파트릭임이 확인되자 문을 열어 주고는 금방 다시 문을 닫았다. 이제 저 문 뒤에 몸을 숨기고 있는 사람이 두 명이구나, 하고 니꼴라는 생각했다. 조금 있으면 그를 제외한 모든 사람이 그렇게 하겠지. 그들은 니꼴라를 만나 얘기해야 하는 무거운 짐을 서로 상대방에게 떠넘기려고 애쓸 것이다. 그에게 사실을 털어놓는다? 아니, 그들은 그렇게 할 수 없을 것이다. 아무도 그렇게 할 수 없을 것이다, 그런 진실을 어린 소년에게 말해 줄 수는 없을 것이다. 하지만 반드시 누군가 그렇게 할 사람이 있어야 한다. 니꼴라는 궁금증마저 느끼면서 기다렸다.

파트릭은 꽤 오랫동안 사무실에 머물렀다. 하지만 그는, 파트릭은 다시 나와서 니꼴라 옆에 계단으로 와 앉을 용기가 있었다. 브라질 팔찌가 얼마나 풀렸는지 보기 위해 니꼴라의 손목을 잡는 순간, 그의 손은 떨리고 있었다.

「이런, 단단하네.」

그가 말했다. 그러고는 이어지는 침묵에 당황한 듯, 니꼴라가 전혀 이해하지 못하는, 이해하려고 애쓰지도 않았지만 파트릭이 얘기 중간중간에 억지처럼 들리는 잔 웃음을 섞는 걸 보면, 분명히 재미있으라고 한 얘기인, 멕시코 장군들과 판초 비야 얘기를 하기 시작했다. 별 의미 없는 말을 계속하며, 그는 나름대로 최선을 다했고, 니꼴라는 이를 고맙게 생각하였다. 할 수만 있었다면 두 눈을 똑바로 쳐다보고는 고맙지만 그럴 필요 없다고, 이런 판초 비야 얘기 같은 거 굳이 할 필요 없고, 사실을 알고 싶을 뿐이라고 하고서 그의 얘기를 끊었을 것이다. 파트릭도 이를 감지하고 끝나려면 한참 남은 얘기를 갑자기 중단했다. 당혹감을 굳이 감추려고 애쓰지 않으면서 그는 마치 물에 빠진 사람처럼 숨을 깊이 들이마시고는 쏜살같이 말했다.

「잘 들어라, 니꼴라. 너희 집에 문제가 생겼어……. 스키 캠프는 아쉽지만, 선생님은, 그리고 내 생각에도, 네가 집으로 돌아가는 편이 좋겠다고 생각한다…….」

그가 침묵을 만회해 보려고 덧붙였다.

「그래, 그러는 편이 나을 거야」

「언제요?」

이것만이 유일한 문제인 듯 니꼴라가 기어들어가는 소리로 물었다.

「내일 아침에.」

파트릭이 대답했다.

「저를 데리러 와요?」

니꼴라는 자기를 데리러 오는 사람이 헌병이었으면 하고 바라는지, 그렇지 않은지 생각해 보았다.

「아니.」

파트릭이 말했다.

「내가 너를 데려다 줄 거야, 내가. 내가 데려다 주는 거 괜찮지? 우리 둘 꽤 잘 통하잖아.」

그는, 웃으려고 무진 애를 쓰며 아랍의 왕세자들을 생각하면서 울지 않으려고 입술을 깨무는 니꼴라의 머리를 아무렇게나 쓰다듬었다. 파트릭은 왜 집에 가야 하는지는 제쳐놓고, 단지 어떻게 움직일 것인가에 대해서만 대답하면 되었기 때문에 분명히 안도감을 느꼈을 것이다. 어쩌면 그는 니꼴라가 그만큼만 놀라는 걸 이상하게 생각했을 것이다. 어쨌든 아이는 거의 들릴락말락한 소리로 물었다.

「우리 집에, 큰일이 난 건가요?」

파트릭이 곰곰이 생각하더니 대답했다.

「그래, 큰일이 난 것 같구나. 엄마가 네게 설명해 주실 거야.」

니꼴라는 눈을 내리뜨고 계단을 내려가기 시작했다. 파트릭이 그를 붙잡아 어깨를 힘껏 쥐고는 애써 웃으려 하면서 말했다.

「힘내라, 니꼴라.」

28

 선생님이 나타나지 않은 저녁 식사 시간 동안, 맥심 리보톤이 새로운 얘깃거리를 놓칠세라 아이들을 살해하는 사디스트에 대해서, 또 자기와 자기 아버지가 이들을 어떻게 처벌해야 한다고 생각하는지 다시 얘기하기 시작했다. 파트릭은 그에게 입을 다물라고 매섭게 지시했다. 니꼴라는 코를 접시에 박고 꼬마 산행자들의 원기를 회복시키려고 요리사가 준비한 그라탱 도피누아를 먹었다. 식사가 끝날 무렵 파트릭이 요리사에게 고마움을 전하기 위해 〈짝, 짝, 짝짝짝, 야!〉 하고 손뼉을 세 번 치자고 했고, 니꼴라와 아이들은 세 번 〈짝, 짝, 짝짝짝, 야!〉 하고 손뼉을 쳤다.
 그러고 나서 니꼴라는 파트릭에게 마지막 밤을 사무실에서 보내도 되는지 물었다. 파트릭은 허락하기 전에 잠시 망설였는데, 니꼴라는 전화 때문에 그렇다고 생각했다. 그는 다른 아이들보다 먼저, 아이들에게 작별 인사도 하지 않고, 저녁이 되면서부터 그에게서 내내 눈을 떼지 않고 있던 오드칸말고는 전혀 다른 아이들 눈에 띄지도 않고 잠자리에 들기 위해 위층으로 올라갔다. 니꼴라는 오드칸의 눈길을 슬그머니 피했다.

언뜻 보아서는 아무도 그가 떠난다는 사실을 모르는 것 같았다.

15분 정도 지나 파트릭이 니꼴라에게 와서 다음날 아침 일찍 출발할 것이라고 말했다. 그러니까 푹 잘 자둬야 한다고. 숙면을 취하도록 약이라도 한 알 먹겠느냐고 묻자, 니꼴라는 그러겠다고 대답했다. 그러고는 물을 조금 넣어 약을 입 안으로 삼켰다. 수면제를 먹는 것은 이번이 처음이었다. 그는 한꺼번에 수면제를 너무 많이 먹을 경우 죽을 수도 있다는 사실을 알고 있었다. 이사를 하고 아버지가 오랫동안 집을 비우시던 시절, 그는 온 집 안을 뒤져 아버지가 쓰던 약통을 찾아보려고 했었다. 하지만 아버지가 그걸 가지고 떠난 게 분명하거나 아니면 엄마가 서랍에 넣고 열쇠로 잠가 버린 게 틀림없었다.

파트릭은 할 얘기가 있는 듯이 침대 가장자리에 앉았지만 말문을 열지 못하고 있었다. 니꼴라에게 얘기를 하기 위해 무슨 말을 꺼내야 할지 이제 아무도 모를 것이다. 파트릭은 아까와 마찬가지로 그의 어깨를 꽉 쥐고는 슬픈 듯이 살가운 웃음을 반쯤 머금고서 궁색한 행동을 보이고 있었다. 그는 얼마나 위선적인 말인지 잘 알고 있는 듯, 이번에는 〈힘내라〉는 말도 차마 하지 못했다. 그는 아무 말 없이 잠깐 앉았다 다시 일어섰다. 그는 자신이 슈퍼마켓에서 사주었던 니꼴라의 새 물건들을 주섬주섬 모아 비닐 봉지에 되는 대로 넣어 두고 있었다. 그는 불을 끄고 나가기 전 다음날 출발을 위해 꾸려져 있는 비닐 봉지를 침대 발치에 놓았다. 니꼴라는 스키 캠프를 떠나기 위해 1주 전 정성껏 싸놓았던 자신의 여행 가방을 떠올렸다. 헌병이 차 트렁크에서 그걸 발견하여 틀림없이 뒤져 보았을 것이다. 그는 헌병들이 자신의 비밀 금고를 열 수 있었는지, 또 그 안에서 무엇을 발견했는지 궁금해졌다.

29

 니꼴라는 잠이 정말 들었었는지는 모르지만 동이 트기 전에 잠이 깼다. 그는 자신의 눈에 들어오는 방이 어디인지 분간을 못 하고 처음에는 자기 집, 자신의 방에 있다고 믿었다. 매일 밤마다 약속을 어기고 그가 잠든 사이 식구들이 문을 닫고 거실의 불을 꺼버렸기 때문에 그는 겁이 덜컥 났다. 〈엄마〉 하고 나지막이 불러 보았다. 그러고는 좀더 크게 여러 번, 소리쳐 부를 뻔했다. 가까스로 참았는데 이내 모든 것이 기억났다. 그는 이 밤이 언제까지나 계속되었으면 하고 바라면서 잠시 동안 꼼짝 않고 있었다. 사형 선고를 받은 죄인들도 분명히 이와 같은 바람을 가지고 있을 것이다. 눈이 점점 어둠에 익숙해지면서 그는 방 안에 자신에게 어떤 식으로든 도움이 될 만한 게 숨겨져 있지 않은지 궁리해 보았다. 시간의 흐름을 멈추고 시간이 자신에게 다가오지 못하게 하는, 흐르는 시간을 사라지게 하는 뭔가가 없을까. 하지만 아무것도 눈에 보이지 않았다. 침대 밑에 숨는다 해도 별 소용이 없을 것이다. 그렇다면 전화를 건다? 도대체 누구에게 전화를 걸어 도움을 요청한단 말인가? 그리고 무슨 말을 할 것인가?

창문 쪽으로 다가가면서 그는 창문에 창살이 쳐져 있다는 사실을 발견했다. 3일 밤을 여기서 잤으면서도 그 사실을 몰랐던 것이다. 아니면 혹시 니꼴라가 잠들어 있는 동안 그가 절대 도망가지 못하도록 방금 쳐놓은 것인지도 모르는 일이었다. 하지만 쇠창살은 시멘트 속으로 깊숙이 박힌 게 오래된 듯 보였다. 그가 주의 깊게 보지 않았던 것이 분명했다.

그렇다면 문말고 다른 탈출구는 없었다. 그는 비닐 봉지를 뒤져 되는 대로 더듬더듬 옷을 껴입었다. 점퍼를 걸치자 르네의 사진이 붙어 있는 전단이 그 익숙하고도 음산한 소리를 내며 바스락거렸다. 그는 도망가는 데 쓸 수 있는 돈이라도 없는지 책상 서랍을 열어 보았으나 아무것도 찾지 못했다. 소리없이 문을 잡아당겨 열고 나왔다.

아래층 방에 불이 켜져 있었는데, 전등 하나만 켜져 계단을 조금 비추고 있었다. 계단 위에서 그는 이번에도 꼼짝 않고 섰다. 파트릭과 마리 앙주는 벌써 일어나 있었다. 그들은 작은 소리로 말했지만 산장 안이 워낙 조용해 니꼴라는 몸을 기울여 이들의 대화를 엿들을 수 있었다.

「설탕 하나.」

마리 앙주가 말했다. 그러고는 스푼이 찻잔에 가볍게 부딪히는 소리가 들렸다.
「어찌 됐든 아이들이 조만간 그 사실을 알게 될 거야.」
파트릭이 말을 이었다.
「그리고 만약 마을 사람들이 개가 여기 있다는 사실을 알게 된다면, 지금 그 사람들 상태로 봐서 무슨 일을 저지를지 모르는 일이야.」
「하지만 그게 개 잘못은 아니잖아.」
마리 앙주가 차분하게 말했다. 그녀는 크게 한숨을 내쉬고는 이렇게 읊조렸다.
「이럴 수가, 주여, 어찌 이럴 수가……」
니꼴라는 흐느끼는 소리를 들었다. 그러고는 다시 파트릭의 말소리가 들렸다.
「그래, 르네가 당한 일은 정말 끔찍하지. 하지만 나는 개가 더 가엾다고 생각해. 그런 일이 평생 뒤통수에 따라다니는 걸 한번 상상해 봤냐? 개 인생은 앞으로 어떻게 될까?」
잠시 침묵이 흐른 뒤, 마리 앙주는 계속 오열하는 가운데 티스푼을 쉴새없이 휘저으면서 말했다.
「네가 개를 데려다 주게 돼서 다행이야. 너 개한테 말해 줄 생각이니?」
「아니. 도저히 그렇게 못할 것 같아.」
파트릭이 무거운 목소리로 대답했다.
「그럼, 누가 말해 주지?」

「나도 모르겠어. 걔 엄마. 걔 엄마는 분명히 언젠가 이런 일이 생길 줄 알고 있었을 거야. 2년 전에 이미 걔 아버지에게 문제가 생긴 적이 있었어. 그때는 지금처럼 심각하진 않았어도 어쨌든 되게 구린내 나는 일이었어.」

흐르는 침묵, 흐느끼는 소리, 그리고 〈이제, 가서 깨워야겠다. 출발해야겠어〉.

파트릭은 계단 위쪽에서 옷을 다 입고 서 있는 니꼴라를 발견하고 혹시라도 자신들의 얘기를 들은 기색이 있는지 살폈다. 하지만 니꼴라의 안색을 보아서는 아무것도 알 수 없었다. 설혹 그렇다고 한들 또 뭐가 달라지겠는가?

그들이 다시 계단을 내려왔을 때, 마리 앙주는 그릇을 탁자 위에 내려놓은 뒤 충혈된 눈을 돌돌 말린 크리넥스로 꾹꾹 누른 뒤 아무 말 없이, 니꼴라를 힘껏 껴안았다. 그녀는 파트릭에게도 입술 언저리에 가벼운 입맞춤을 해주었다. 그러고 나서 그들은 함께 문을 나섰다. 밖은 아직도 캄캄했다. 산장 안에서는 모두가 자고 있었다. 눈이 더 내린 뒤였고, 두 사람의 발이 눈 속으로 깊이 빠졌다. 그들의 입에서 김이 구름처럼 빠져 나오고 있었다. 오련한 소나무 무리를 배경으로 탁한 빛마저 띠는 흰색 구름이. 자동차까지 가자 파트릭이 니꼴라에게 그의 작은 여행 가방을 들고 있으라고 하고는, 맨손으로 유리창에 덮인 눈을 털어 내고, 서리가 내려 앞창 유리에 들러붙은 와이퍼를 어떻게 해보려고 있는 힘을 다 썼다. 그가 일을 마치고 차문을 열었을 때, 니꼴라는 지난번처럼 앞좌석에 타려고 했지만 파트릭은 안 된다고 했다. 대로를 운전해 가야 하고, 경찰이 단속도 할 테니까.

30

「음악 틀까?」

파트릭이 물었다. 니꼴라는 좋다고 대답했다. 파트릭은 한 손으로 운전대를 잡고 다른 손으로 카세트 테이프가 들어 있는 가방을 뒤졌다. 니꼴라는 파트릭이 슈퍼마켓에 가던 날 들었던 카세트를 다시 틀지 궁금했다. 그러나 이번에 그는 좀더 느리고 살가운, 다른 음악을 골랐다. 기타 반주만 들어가는 노랫소리는 구슬프게까지 들렸다. 영어 가사를 이해하지 못해도 이 곡이 졸음이 잠뿍 묻은 눈 덮인 도로를 달리는 겨울 여행을 노래하고 있음을 짐작할 수 있었다. 니꼴라는 노린내가 나는 헤싱헤싱하게 풀린 낡은 담요를 베개 삼아 길게 누웠다. 그는 파트릭에게 그가 사는 집에서 개를 키우냐고, 어디에 사느냐고, 그리고 어떤 환경에서 그의 하루하루가 이어지는지 물어 볼 뻔하였다. 하지만 얘기를 하고 싶어한다는 인상을 주지 않기 위해 아무 말도 하지 않았다. 니꼴라가 자신에게 질문을 할까 봐 파트릭이 겁을 먹고 있는 게 분명하기 때문에, 니꼴라는 질문을 하지 않기로 마음먹었다. 그의 머리가 조수석 뒤쪽에 있었기 때문에 눈을 뜨면 운전에 집중하고 있는 파트릭의 옆모습이 언뜻 들어왔다. 말총 머리는 어깨 위에 살포시 내려앉았고, 운전대를 잡은 그의 손은 힘줄이 움질움질 돋아난 거무스름한 근육질의 손으로, 니꼴라가 자기도 커서 그렇게 되었으면 하고 바라는 바로 그런 손이었다. 하지만 그는 이제 그것이 불가능하다는 사실을 알고 있었다. 창문에 서리는 김을 없애기 위해 히터가 세게 틀어져 있었다. 니꼴라는 다리를 오므린 채 허벅지 사이에 손을 끼고 있다가 훈훈한 공기, 조용하고 애달픈 음악, 그리고 송풍기에서 나오는 편안한 소음 때문에 마치 몸에 열이 오른 것처럼 자장가에 가볍게 몸을 흔들며 잠에 취한다는 사실이 새삼 놀랍게 느껴졌다. 갈 때 지도에서 거리를 셈해 보았는데, 지금 그들은 4백30킬로미터 갈 길에서 20킬로미터도 채 오지 않은 상태였다. 그가 자동차 안을 벗어나지 않는 한 그는 안전했다.

그가 잠에서 깼을 때, 그들은 이미 고속 도로에 접어들어 있었다. 도로에 눈은 없었지만 하늘이 희뿌옜다. 파트릭은 카세트 테이프를 다시 넣지 않았는데, 틀림없이 그의 잠을 깨우지 않으려고 그랬을 것이다. 송풍기도 꺼놓은 상태였다. 그는 앞만 쳐다보았다. 마치, 출발한 이후로 조금도 움직이지 않은 것같이 곧추선 그의 몸, 어깨 위에 내려앉은 말총 머리가 들어왔다. 니꼴라가 다시 몸을 일으켜 세웠을 때, 그는 분명히 알면서도 못 본 척 한마디도 하지 않았다. 몇 분이 지나서야 겨우, 짐짓 쾌활함을 가장하며 억지로 한마디 던졌다.

「그래, 완전히 곯아떨어졌었냐?」

니꼴라는 그렇다고 대답했고, 또다시 침묵이 흘렀다. 니꼴라는 자기가 사는 도시까지 아직 얼마나 남았는지 보기 위해 도로 표지판을 흘끔흘끔 쳐다보았다. 이제 반쯤 온 셈이었다. 그는 잠이 드는 바람에 여정의 절반이 후딱 지나가게 된 것이 못내 아쉬웠다. 그는 이제부터 모든 것에 가속도가 붙으리라 짐작했다.

파트릭은 우측으로 차를 꺾고 속도를 늦추더니 에소 체인 주유소로 통하는 길을 따라 천천히 들어섰다. 니꼴라는 셸 주유소의 선물 교환권 생각이 나 갑자기 울음을 터뜨렸다. 흐느낌이 아니라 뺨을 타고 소리없이 흘러내리는 눈물 방울이었다. 파트릭이 이 순간 주유기 앞에 차를 대고 니꼴라를 돌아다보지 않았더라면 아무것도 눈치채지 못했을 것이다. 니꼴라는 흘러내리는 눈물을 어쩔 수 없어 다만 시선만 떨구고 있을 뿐이었다. 파트릭은 자기 자리에서 몸을 비스듬히 튼 상태로 잠시 동안 아무 말 없이 그를 바라보았다. 그러고는 〈니꼴라……〉 하고 웅얼거렸다, 다시 한번. 그의 이름을 살갑고 애잔하게 거듭거듭 불러 보는 것이 할 수 있는 전부였다. 르네의 부모도 밤마다, 앞으로 다시는 편안하게 잠이 들 수 없을 침대에 누워 이렇게 했을 것이다. 마취를 잘못하는 바람에 유폐된 아이의 부모도 한가지였을 것이다. 헌병이나 마리 앙주 같은 사람들은 〈주여〉, 〈성모 마리아님〉, 〈주 예수〉를 불렀다. 사람들은 니꼴라에게 무슨 말을 해줘야 할지 몰랐고, 그렇게 되니 신자이건 아니건 이 같은 최후의 수단에 매달릴 수밖에 없었다. 그를 위해 기도하는 것, 예수 그리스도 — 부활했건 그렇지 않았건 간에 — 에게 그를 가엾이 여겨 달라고 비는 것.

「자, 니꼴라. 뭐 좀 먹으러 가자.」

파트릭이 드디어 말문을 열었다.

「너 아침도 안 먹었으니 분명히 배가 고플 거다.」

니꼴라는 배가 고프지 않았고 파트릭도 그렇지 않을 게 틀림없었지만, 파트릭이 휘발유를 가득 넣은 후, 니꼴라는 고속 도로 휴게소로 그를 따라갔다.

입구 근처에 신문 가판대가 있었는데, 파트릭은 이 앞에서 순간 흠칫했다. 그는 가판대 앞을 가로막고 서서는 니꼴라의 시선을 되도록 딴 데로 돌리려고 했다. 하지만 니꼴라는 그의 말을 고분고분하게 들으면서도 신문의 접힌 부분 때문에 반쯤 가려진 기사 제목에서 〈살인마〉라는 단어와 사진을 언뜻 엿볼 수 있었다. 파트릭은 황급히 그를 자판기 쪽으로 데려가서는 다른 문으로 나갈 수 있음을 확인했다. 그는 커피 한 잔을 뽑고, 니꼴라에게는 작은 초콜릿 빵과 오렌지 주스를 사주었다. 그리고 그들은 빈 종이컵들이 널브러져 있는 데다 표면이 끈적끈적한 회색빛 플라스틱 테이블이 세 개 놓여 있는 화장실 옆, 구석에 가서 앉았다. 파트릭은, 이 자리를 차지하고 있던 유일한 손님인, 커피를 마시던 금발의 여성에게 정중하게 인사를 했다. 그녀도 인사로 답했고 니꼴라에게 미소를 지어 보였다. 이 미소가 니꼴라의 가슴속을 파고들었다. 마치 온통 이슬이 맺힌 것처럼 반짝거리는 그녀의 모피 코트가 찰랑거리는 고급 소재의 푸른빛 원피스 위로 열려 있었다. 어루만지고 싶은 충동을 자아내는 금발의 머리카락이 헐렁하게 묶어 올린 머리채에서 목덜미 위로 흘러 내려와 있었다. 그녀는 이곳의 꾀죄죄하고 우중충한 분위기와 대조되며 풍성하고 화려한 분위기를 풍겼다. 그리고 무엇보다도 온화함이, 사람을 사로잡는, 마법 같은, 혼미하게 만드는 온화함이 느껴졌다. 그녀는 아름다웠다, 우아하고, 온화하며 아름다웠다. 차분하게, 조바심 내는 기색 없이, 그녀는 밖의 주차장과 그녀 주변의 음산한 공간을 바라보고 있었다. 그리고 그녀의 눈길이 다시 니꼴라에게 닿았을 때 그에게 또 한번 미소를 지어 보였다. 어수선하지도, 그렇다고 집요하지도 않지만 그에게 와 닿는, 다름 아닌 바로 그에게 보내는 미소, 그녀로부터 발산되는 이 천상의 달콤함으로 그의 몸 전체를 휘감고 도는 미소를. 제법 깊게 파인 푸른빛 실크 원피스 사이로 가슴의 굴곡이 오롯이 드러나고 있었고, 니꼴라는 야릇한 생각에 빠졌다. 그녀 몸의 내부, 그녀의 내장, 창자, 혈관 속을 흐르고 있는 피는 그녀의 미소만큼 깨끗하고 빛을 발산하리라. 그는 피노키오에 나오는 물빛 요정을 생각했다. 그녀와 함께라면 아무것도 두려워할 필요가 없었다. 그녀는 마음만 먹으면 끔찍한 공포를 가시게 할 수도 있고 일어난 일을 없던 것처럼 되돌려놓을 수도 있었다. 그녀가 알기만 하면 그렇게 해주려 할 것이다, 분명히.

파트릭이 자리에서 일어나더니 잠깐 화장실에 갔다 오겠다고 했다. 니꼴라는 이 시간 동안 자기 인생의 향방이 결정되리라는 사실을 감지했다. 요정에게 반드시 말을 걸어야만 되었다. 그를 구해 달라고, 자기도 그녀가 가는 곳으로 데려가 달라고 말해야 했다. 그가 굳이 설명할 필요조차 없을 것이다. 그는 그녀가 상황을 파악할 것이므로 한마디만 해도 될 것이라고 믿었다. 〈저 좀 구해 주세요, 저를 데려가 주세요.〉 그녀는 얼마 동안은 깜짝 놀랄 것이다. 하지만 이내 그의 울대를 터뜨리는, 가슴을 관통하는 이 섬세함과 온화함으로 찬찬히 바라볼 것이다. 그러고는 그가 진실을 얘기하고 있으며 오로지 그녀만이 기적을 만들어 낼 수 있음을 알게 될 것이다. 그녀는 말할 것이다. 〈이리 와.〉 그러고는 그의 손을 잡을 것이다. 그들은 그녀의 자동차로 달려가서 제일 먼저 나타나는 길로 접어들어 고속 도로를 벗어날 것이다. 그러고는 한참을 달릴 것이다, 바로 곁에 앉아서. 운전을 하면서 그녀는 그에게 미소를 지어 보일 것이다. 이제 다 끝났다고 그에게 속삭일 것이다. 그들은 멀리, 아주 멀리, 그녀를 닮은 온화하고 우아하며 아름다운 삶이 펼쳐지는 곳으로 떠날 것이다. 그리고 그녀는 그가 위험으로부터 벗어나 평화롭게, 영원히 그녀 곁에 머물 수 있도록 할 것이다.

 니꼴라가 입을 열었으나 아무 소리도 나오지 않았다. 눈으로라도 신호를 보내 어떻게 해서든 그녀의 시선을 끌어야 했다. 그녀가 그를 쳐다보고 무언의 애원을 하는 그와 시선이 마주치도록 해야 한다. 그렇게만 해도 그녀는 이해할 수 있을 것이다. 그래, 그래, 그녀는 이해할 것이다. 그녀는 고속 도로 휴게소에서 마주친 이 어린 소년의 내부에서 일어나고 있는 혼란과 두려움을 헤아릴 수 있을 것이다. 오로지 그녀만이 그를 이 상황으로부터 벗어나게 할 수 있다는 사실을 알 것이다. 그러나 그녀는 더 이상 그를 쳐다보지 않고 주차장에서 그들 쪽으로 성큼성큼 걸어오고 있는, 검정 옷을 입은 한 남자를 따라 시선을 움직이며 밖을 내다보고 있었다. 니꼴라는 뱃속으로부터 치받쳐 올라오는 침묵에 짓이겨 목이 메인 채 그 남자가 가까이 와 유리문을 밀치는 것을 보았다. 그 남자는 여자 쪽으로 애정이 가득 담긴 얼굴을 기울여 머리채에서 아무렇게나 비어져 나온 머리카락들 옆, 그녀의 목에 키스를 했다. 그녀는 그에게 천상의 미소로 웃어 보였다. 그녀의 눈에는 그 남자말고는 아무도 들어오지 않았다. 니꼴라는 이제껏 누군가를, 심지어 오드칸조차 그렇게 미워해 본 적이 없었다.

「다 고쳤어. 이제 출발해도 되겠어.」

 그 남자가 말했다.

요정은 자리에서 일어나 그와 함께 밖으로 나갔다. 그녀는 문을 닫으면서 니꼴라에게 가볍게 손짓을 하고 등을 돌려 버렸다. 그 남자는 따뜻하게 해주려고 그녀의 어깨를 감싸안았고, 니꼴라는 그들이 자동차 쪽으로 멀어진 다음 차를 타고 사라지는 것을 지켜보고 있었다. 테이블 아래 있는 그의 손가락들이 마치 서로 풀 수 없는 매듭처럼 묶여 뒤엉켜 있었다. 그런데 그는 바닥에서, 양 발 사이에, 붉고 푸른 필라멘트 같은 것이 설탕 포장과 담배꽁초 사이를 굴러다니고 있는 것을 보았다. 브라질 팔찌가 땅에 떨어졌던 것이다. 지금으로부터 일주일 전 파트릭이 그에게 팔찌를 묶어 주었을 때 자신이 어떤 소원을 빌었는지 떠올리려고 애썼으나 허사였다. 어쩌면 살아가면서 생기는 모든 위험으로부터 그를 가장 잘 지켜 줄 수 있는 소원을 찾으려고 계속 망설인 끝에, 소원을 빌지 않았는지도 모르는 일이었다.

31

 남은 거리를 가는 동안 니꼴라는 자기가 마지막으로 무슨 말을 했었는지 생각해 보았다. 분명히 차 안에서 파트릭에게 짧게 대답한 게 마지막이었을 것이다. 그는 더 이상 말하지 말아야지 하고, 앞으로 다시는 말하지 않겠다고 마음을 다잡고 있었다. 그것이 그가 생각해 낼 수 있는 유일한 자기 방어 수단이었다. 그는 침묵의 덩어리가 될 것이다. 불행이 입구를 찾지 못하고 다시 튀어 오르는 매끈매끈하고 비를 머금은 표면이 될 것이다. 사람들은 원한다면, 감히 용기를 낸다면, 그에게 말을 걸 수도 있으리라. 하지만 그는 그들에게 대답하지 않으리라. 그들의 말을 듣지 않으리라. 그는 엄마가 그에게 하는 말을, 진실이든 거짓이든 —— 분명히 거짓말일 것이다 —— 들으려 하지 않을 것이다. 그녀는 아버지가 출장 중 사고를 당했으며, 이런저런 이유로 해서 문병을 갈 수도 없다고 얘기할 것이다. 아니면 그가 죽었다고. 하지만 장례식이라고 해도 가지는 않을 것이며 아버지의 무덤에서 묵념하지도 않을 것이라고 말할 것이다. 이제부터는 그들이 감당해야 할 수치심과 침묵을 떨쳐 버릴 수 있으리라는 희망을 안고 또 다른 도시로 이사를 할 수도, 어쩌면 성을 바꿀 수도 있으리라. 하지만 이건 더 이상 그와 상관없는 일일 것이다. 그는 입을 다물 테니까. 영원히 굳게 다물 테니까.

그가 사는 도시의 인근에 도착하자 파트릭은 종이 쪽지에 적어 준 주소를 다시 읽고는 니꼴라에게 집으로 가는 길을 알고 있느냐고 물었다. 니꼴라는 대답하지 않았다. 그가 백미러를 통해 니꼴라의 시선과 마주치려고 애쓰면서 다시 한번 물었으나 니꼴라는 시선을 내리깔았고, 그는 더 이상 묻지 않았다. 그는 경찰관 앞에 차를 세웠고, 경찰관이 그에게 길을 가르쳐 주었다. 이후 그들은 빗속에서 교외를 가로지르며 달렸다. 니꼴라가 사는 거리가 진입 금지 방향 쪽에 있었기 때문에 집들이 들어서 있는 한 블록을 한바퀴 빙 돌아야 했지만 바로 문 앞에 빈자리가 있었다. 파트릭은 자동차 사이로 두 번 끼워 넣기를 시도하면서 차를 댔다. 그는 니꼴라를 차에서 내리게 하고 마치 어린 꼬마에게 하듯 그의 손을 잡았다. 그러나 말을 하지 않았고 그의 이름을 거듭해서 부르지도 않았다. 기진맥진한 그의 얼굴에선 아무 표정도 읽을 수 없었다.

건물의 비좁은 출입구에서 파트릭은 우편함 위에 쓰인

이름들을 찬찬히 훑어보았다. 그는 니꼴라가 이름을 찾는 데 협조하지 않으리라고 짐작하고 있었다. 그들은 아무 말 없이 승강기를 기다렸다. 미닫이문이 닫히며 쉬잉 하는 소리를 냈다. 파트릭은 평상시보다 늑장을 피우며 층수가 적힌 버튼을 눌렀다. 그는 니꼴라의 손을 그대로 잡고 있었고, 아주 힘껏 쥐었다. 승강기 벽을 덮고 있는 어둑한 유리를 통해 니꼴라는 그가 울고 있는 것을 보았다. 그들이 갇혀 있는 좁은 공간이 땅 밑으로 처박히는 것 같았다. 그러고 나서는 한 번 흔들 하더니 위로 치솟았다. 쇠줄이 생채기 내는 소리를 냈다. 니꼴라는 승강기가 두 층 사이에 멈춰 버리기를, 그들이 영원히 이 안에 있게 되기를 바랐다. 아니면, 꽤 높이 올라간 승강기가 끊어져 전속력으로 컴컴한 구덩이 속으로 떨어져 이 속으로 침잠해 버렸으면 하고.

복도는 창문 없이 문들로 빽빽히 들어찬 긴 통로를 이루고 있었고, 니꼴라 집 문은 복도의 제일 구석에 있었다. 자동 타이머 점등기의 스위치가 어슴푸레한 가운데 희미하게 빛을 발하고 있었다. 파트릭은 불을 켜지 않았다. 그들 두 사람은 복도에서 아주 천천히 발걸음을 내딛었다. 니꼴라는 아침에 파트릭이 했던 말을 떠올렸다. 〈개 인생은 앞으로 어떻게 될까?〉 그들이 문 앞까지 왔고, 문 뒤에서는 아무 소리도 들리지 않았다. 파트릭은 초인종 쪽으로 손을 올렸다. 그리고 승강기 안에서보다 훨씬 오랫동안 기다리다 드디어 초인종을 눌렀다. 서서히, 그는 아이의 손을 잡고 있던 손을 뺐다. 그는 이제 그를 위해 더 이상 아무엇도 할 수 없었다. 집 안의 카펫 때문에 발소리가 들려오지 않았지만 니꼴라는 곧 문이 열릴 것이라는 것을 알고 있었다. 문이 열리면서 그의 인생이 시작되리라는 것을, 그리고 이 삶에서는, 그에게 용서란 있을 수 없음을.

1994년 12월 9일 파리
1995년 2월 2일 포르 에벤

옮긴이의 말

　동화적인 상상으로 가득한 이야기를 만나는 일은 일상 생활에서 벗어남이고, 때로는 어떤 해방을 의미한다. 그런데 그것이 뜻밖에도 부메랑처럼 한 지점을 치고 우리 삶의 살 속으로 되날아와 박힐 때, 문득 풀어진 해방감은 다른 각도에서 굴레가 되어 옥죄어 올 수 있다.『그 해 겨울 방학』은 빛나는 동화적 상상으로 우리 생각을 해방시키면서, 동시에 〈다른 각도〉에서의 현실에 대한 성찰을 요구한다. 이 소설은, 우리가 무디게도 스쳐 보내고 있는 현실 문제를, 인어공주가 목소리를 잃어버림으로써 얻게 되는 예민한 몸의 촉각처럼, 살아 오르는 감각으로 읽게 할 것이다.
　니꼴라가 가장 좋아하는 장면은 물약을 마신 인어공주가 해변에서 혼자 밤을 보내는 장면이다. 인어가 변신하는 순간을 니꼴라는 황홀하게 읽어 간다. 그 장면에서, 긴 금발이 가슴을 덮고 있고 배꼽 바로 아래부터 비늘이 나 있는 인어의 모습을 묘사하는 그림이 들어 있었다. 니꼴라는 변신이 뜻하는 〈잃어버림과 얻음〉이 엇갈리는 고통과 두려움과 함께, 인어의 영혼이 지독히도 스산하게 느껴졌다. 인어가 새로 얻은 몸 전체를 손으로 쓰다듬을 때 그토록 부드러운 살갗이 이어지는 순간을, 니꼴라는 마치 자신의 몸에서 벌어지는 일처럼 생생하게 동화시켜 버린다. 작은 인어의 손이 자신의 다리를 발견하게 되는 순간을 상상하며 니꼴라는 몇 시간이고 보낼 수 있었다. 그와 같은 새로운 감각을 발견했을 때, 너무나 달콤하고 슬프기까지 한, 그 느낌 때문에 니꼴라는 이 감촉이 영원히 지속되었으면 하고 바랐다. 그러고는 울음을 터뜨렸다.

이처럼 섬세한 감성을 지닌 니꼴라의 이야기가 너무나 섬뜩한 현실, 유괴, 살해, 장기 매매, 이런 끔찍한 일과 만나야 하는 것이 『그 해 겨울 방학』이다.

니꼴라는 동화의 세계에서 느낄 수 있는 친근함과 달리 현실과는 늘 불화 속에 있었다. 그것은 알게 모르게 니꼴라의 삶 속으로 스며들어오고 있는 〈아버지의 삶〉 때문이었다. 그는 늘 아버지란 존재가 부담스러웠다. 그의 삶에 간섭이 되는 아버지였다. 스키 캠프에 갈 때도 다른 아이들과 함께 버스를 타고 가지 못했다. 사고가 날지도 모른다는 이유로 아버지는 승용차로 니꼴라를 보내는 것이 안심이 된다고 했다. 두 사람만 뒤늦게 캠프에 도착하고, 여기서부터 니꼴라가 겪게 되는 불행이 예고되고 있었다.

산장에서 얼마 떨어지지 않은 곳에서 어린아이의 실종 사건이 일어난다. 전혀 〈아이답지 않은〉 오드칸과 은밀하게 사건의 스토리를 만들어 내면서, 니꼴라는 상상의 세계에 스스로 몰입하여 이야기와 현실의 경계를 아무런 의심도 없이 넘나드는 지경이 된다. 자기가 꾸며 낸 현실 속에서 진짜 주인공이 되어 버린 듯이 착각하는 니꼴라에게 벌어지는 일은 소설 속의 실종 사건과 묘하게 교차하며 꼬여 간다.

작가는 상상과 현실의 세계를 수시로 넘나들지만, 자칫 보일 수 있는 과장은 이 소설에 없다. 또한 처음부터 끝까지 치밀하게 배치되어 있는 소설적 장치들 —— 자동차, 인간의 해부 모형, 아버지의 직업, 브라질 팔찌 등 —— 이 결코 억지로 짜맞춘 듯한 인상을 주지 않는 것이 『그 해 겨울 방학』만이 가지는 매력일 것이다.

니꼴라가 머무르고 싶어하는 동화적 상상의 세계에 비해 현실은 잔인하고, 삶에는 결코 〈용서란 있을 수 없다〉. 작가는 매몰차다 싶을 정도로 니꼴라를 현실의 문턱에 몰아세운다. 그래서 니꼴라의 스키 캠프는 잔인하다.

오드칸의 추리 속에서 니꼴라 아버지의 자동차 번호가 떠올랐다. 헌병이 범인을 찾는 과정과 일치되는 순간이었다. 니꼴라는 오드칸이 자동차 번호를 물어 보며 확인해 왔을 때, 모든 일이 뭔가 크게 잘못되고 있음을 직감한다. 이때부터 상상 속의 세계는 숨가쁘게 현실로 돌변한다. 니꼴라가 받는 충격. 유괴, 살해, 장기 매매, 그 끔찍한 이야기의 한가운데 자신도 모르게 연루되어 있었다니……. 동화의 세계는 산산조각이 나고, 니꼴라는 인어공주가 목소리를 잃어버린 것처럼 말을 잃어버렸다.

『그 해 겨울 방학』은 1995년 겨울, 프랑스 3대 문학상 중 하나인 〈페미나 상〉을 수상해 주목을 받았던 소설이다. 작가인 엠마뉘엘 카레르는 몇 차례 각종 문학상을 수상하면서 프랑스 독자들에게는 상당히 알려졌음에도 불구하고 아직 한국 독자들과 만날 기회는 없었다. 작가가 가진 독특한 상상력이 때로 추리적 요소와 결합하면서 이루어 내는 소설 속 세계는 한국 독자들의 관심을 끌기에 충분하다고 생각한다.

『그 해 겨울 방학』은 떠들썩하고 웅변적인 요소가 없으며, 지극히 절제된 소설 구성을 가진, 다분히 프랑스적인 소설이다. 그래서 역자에게는 이런 〈프랑스적 정서〉를 어떻게 한국 독자들에게 전하는가 하는 문제가 가장 고민스러웠다. 하지만 수시로 변하는 작가의 글쓰기 호흡을 따라가는 것은 번역 과정에서 역자만이 맛볼 수 있는 기쁨이기도 하다.

이 책을 통해 엠마뉘엘 카레르라는 낯선 작가가 독자들에게 한 걸음 가까이 다가가고, 그의 작품 세계가 우리 독자들에게 조금이라도 알려졌으면 하는 바람이다.

옮긴이 **전미연** 1970년에 태어나 서울대 불문과를 졸업하였고 파리 통·번역대학원(ESIT) 번역과를 수료하였으며, 한국외국어대학교 통역대학원 불어과를 졸업하였다. 옮긴 책으로 기욤 뮈소의 『종이 여자』, 『그 후에』, 『사랑하기 때문에』, 『당신 거기 있어줄래요』, 베르나르 베르베르의 『파피용』, 로맹 사르두의 『크리스마스를 구해줘』, 『크리스마스 1초 전』, 『최후의 알리바이』, 자크 베르니에의 『환경』, 엠마뉘엘 카레르의 『콧수염』, 아멜리 노통브의 『배고픔의 자서전』, 『이토록 아름다운 세살』, 『두려움과 떨림』, 폴 콕스의 『예술의 역사』 등이 있다.

겨울 아이

발행일	1999년 5월 30일 초판 1쇄
	2001년 1월 20일 신판 1쇄
	2019년 2월 20일 신판 5쇄

지은이	엠마뉘엘 카레르
옮긴이	전미연
발행인	홍지웅·홍예빈
발행처	주식회사 열린책들

경기도 파주시 문발로 253 파주출판도시
전화 031-955-4000 팩스 031-955-4004
www.openbooks.co.kr

Copyright (C) 주식회사 열린책들, 1999, 2001, *Printed in Korea.*
ISBN 978-89-329-0348-4 03860